한 사람의 불확실

한 사람의 불확실

오은경 시집

민음의 시 273

민음사

난 날개가 갖고 싶었던 것 같다 천사도 아니면서
날아 보이지 않는 하늘 아니면 난간과 난간 사이를
건너다 떨어져도 죽지 않고 싶었다

2020년 여름
우은겸

차 례

1부 너의 등 뒤로 미끄러지듯이 닫히는 문

매듭   13

다가가면   15

교통사고   16

철창   18

놀이터   20

테루테루보즈   22

비밀 엽서   24

테루테루보즈   26

밤눈   28

경험   30

서클   32

스노우볼   34

해바라기   37

2부 창문 바깥 늘 같은 시간

생일날   41

공터에서   43

불면   44

복도에서   46

하늘의 푸른빛   48

한 사람의 불확실   50

리모델링   52

지렁이 지키기   54

새로운 필름   56

나뭇잎   58

종점   60

코스모스   62

미경작지   64

시공 기사   66

낭떠러지   68

보푸라기   70

3부 산책을 하면 너희 집으로 갈 수가 있어

지진   75

영향력   77

새싹 뽑기, 어린 짐승 쏘기   80

난쟁이   82

눈사람   84

체인지   86

녹음실   88

꽃다발   90

아케이드   92

분열　94

그물망　96

보물함　98

프레임　100

4부 단 한 사람도 차에서 내리지 않는다

재차　105

갈등하는 사람　107

트럭 운전사　110

플라스틱　113

깨진 거울　114

골목에서　116

길 위에서　118

새싹 뽑기, 어린 짐승 쏘기　120

묶인 사람　122

앞마당　124

자각몽　126

날개들　128

부표　130

우리의 믿음이 만약 우리와 같다면　132

작품 해설 l 강보원(문학평론가)

여기서부터 다시 시작합니다　135

추천의 글 l 김언, 신해욱　166

1부
너의 등 뒤로 미끄러지듯이
닫히는 문

매듭

어제와 같은 장소에 갔는데
당신이 없었기 때문에 당신이 없다는 것을
염두에 두지 않았던 내가
돌아갑니다

파출소를 지나면 공원이 보이고
어제는 없던 풍선 몇 개가
떠 있습니다
사이에는 하늘이
매듭을 지어 구름을 만들었습니다

내가 겪어 보지 못한 풍경 속을
가로지르는 새 떼처럼
먹고 잠들고 일어나 먼저 창문을 여는 것은
당신의 습관인데 볕이 내리쬐는
나는 무엇을 위해
눈을 감고 있었던 걸까요?

낯선 풍경을 익숙하다고 느꼈던

나는 길을 잃습니다

내부가 보이지 않는 건물 앞에
멈춰 서 있습니다
구름이 변화를 거듭합니다
창문에 비친 세계를 이해한다고 믿었지만
나는 세계에 속해 있습니다

당신보다 나는 먼저 도착합니다
내가 없었기 때문에 내가 없다는 것을
염두에 두지 않았던 당신에게
나는 돌아와 있습니다

다가가면

천사가 날아온다

천사는 가까워질 듯 가까워지지 않고 멀어질 듯 멀어지지 않는다

입고 있었던 옷에 불이 붙어서

돌아보면 거리는 검고 반들거린다 어느 사이엔가 잘 닦인 것 같다

민들레 몇 송이 피어난 담벼락 아래 할머니 한 분이 뜻없이 앉아 계시고

천사가 빛을 쬐고 있다

천사는 얼굴이 눌어붙어 있다 양쪽 뺨이 녹아내려도 여전히 좋은지

이를 드러내 보이며 어색하게 웃는다 이따금 날개를 펄럭이면서

나는 고개를 돌리지도 못한다

천사가 죽고 무덤이 된 깃털만 남는다

깃털 무덤을 다 덮고도 남을 재가 이 세상에 가득하지만 그래도 천사는 눈이 맑다

덩굴 잎을 지탱하는 잎맥의 넓이처럼

민들레 홀씨가 한꺼번에 떠오른다

교통사고

내가 들립니까?

나는 들었다는 사실만 기억할 뿐 당신에 대해 모릅니다

내가 보입니까? 사실 기대하고 있었습니다 당신을

수소문했습니다 헷갈리기 시작했습니다 당신들은 많았

고 내게

미안하다는 말만 하면 그래서요?라고 대답할 수 있는데

늦어 버린 것 같습니다

당신과 친해지고 싶었습니다 깜빡거리는 가로등 아래에서

불빛 속에서 당신은 손을 내밀었습니다

당신들은 당신의 셔츠를 움켜쥐고 담벼락으로 당신을

몰아넣었습니다

나는 방관했습니다 돌이켜 생각해 보면

당신은 늘 묵묵부답이었잖아요

헤어지자는 말 한마디 없었습니다 예전처럼 소리 내 울지

않았습니다 신호가 바뀌었던 것 같습니다 길을 건너던

당신들 모습이 생각나요 손수건이 떨어졌습니다 오래 간
직하던
　것입니다 나는 당신을 기다렸습니다 차들이 지나갔습니다
　걸음을 뗄 수 없었습니다 당신은 한순간

　나와 마주 서 있었습니다
　당신들이 사라진 거리였습니다 텅 빈 골목 앞
　당신을 스쳐 지나왔다는 사실을 방금 알게 되었는데요
　당신들은 당신들을 전혀 모릅니까? 내가 운전대를 잡았
는데도

　왜 서두르지 않습니까?

철창

잠에서 나를 깨운 것은
나를 부르는 소리가 아니었다
어쩐지 낯설지 않은 음성이었는데 커튼을 걷고 바라본
창밖에는 아무도 없었다
햇살이 밝은 날이었다

접시에 사료를 부어 주었지만 고양이가 나타나지 않았
다 하는 수 없이 나는 접시를 들고 거리로 나왔다 사료가
쏟아지지 않도록 주의를 다하며
인파 속을 헤맸다
언제부턴가 주변이 어두웠는데
비가 내리고 있었다

먼 곳에서부터 물이 차오르기 시작하고 헝겊 조각, 비
닐, 벨트 같은 것들이 떠다녔다

물보라를 만들며
회전하던 빈 접시가 수면 아래로 가라앉고 난 다음에도
나는 변화를 눈치채지 못하고 있었다 열려 있었던 창문이

닫히는 동안

양쪽 손은 검게 변해 버렸다

밤이었다 불어난 물의 수위가 차츰 높아지고 있었다

놀이터

난 바보 같았다. 손이 서툴러서도, 일을 능숙하게 처리하지 못한 데 대한 다른 이유가 필요해서도 아니다. 나는 죄책감을 느꼈으며 나를 혼자 있게 만들었다. 직접 쓴 글씨가 미워 보일 때도 있었다. 그래서 그림을 그렸다.

그래서 화장을 연습하고 이것저것 입어 봤다. 꽤 귀찮은 일이지만 어쩔 수 없었다. 여러 각도에서 나를 비춰 보고 싶었다. 거울 속 나는 불쾌해 보였다. 계속 바라보니까 눈밑이 검게 변했다. 상관없었다.

하루 종일 영화를 봤다. 봤던 장면을 또 봤다. 여자는 아들의 친구들만 모인 식탁에 엎드려 울었다. 내 감정 상태를 대변해 주는 것 같았다. 아들이 게이였다는 사실은 나중에 밝혀진다. 어쩐지 속은 기분이 들었다.

비참했다. 빈손으로 돌아가지 않을 거라고 결심했는데 부모님 댁으로 향하고 있었다. 아는 얼굴들을 볼까 두려웠다. 아파트 입구로 들어서기 전 마지막으로 한 바퀴만 더 돌고 싶었다. 매번 자유가 가장 중요했지만 난 모순되었다. 새로 산 구두 때문에 발뒤꿈치가 까졌다. 까마귀가 하늘을 덮고 있었다. 하나 남은 벤치를 동네 주민이 양보해 줬다. 그는 괜찮다고 손사래 치며 편하게 쉬다 가라고 했다. 정말 나보고 하는 말이 맞는지 궁금했다. 캄캄했고 아무도 없는데 왜 갑자기 나타나서는 내게 친절한지 내게서 무엇을 보았는지 알고 싶었다. 난 좀 더 분명해져야 했다. 어떤 모습이건 중요하지 않았다.

테루테루보즈*(てるてるぼうず)

이불이 우리들을 감싸 안고 있다

강아지들이 매트리스 위에 오줌을 쌌나 보다

노란 얼룩을 밟고 내게로 뛰어드는 비숑 한 마리와

순한 눈빛으로 검지를 깨무는 몰티즈와

미니핀, 범인이 누구인지 모르겠지만 잘못했는데도 놀아

달라니

정말 혼난다!

나를 앞질러 달리던 미니핀이 앞발로 사료를 엎는다

강아지들이 일제히 내 앞으로 모여 앉는다 이 중에는

처음 본 푸들도 있다

작은 방에서 느린 걸음으로 걸어 나오는 시추를 제외한

다른 강아지들과 나는 함께 온 집 안을 헤매고 다니다

가 모닝빵을 찾는다

몇 번이나 안 된다며 고개를 저었지만 내 발을 빠는 시

추 녀석에게는 도저히 당해 낼 수 없다

매번 이런 식이다 친해지고 정들면 아무것도 말하지 않

게 된다

서로 간의 작은 비밀이 생긴다

편지지를 구해야 한다

우리들을 감싸 안았던 이불이 말야 내가 가장 다급했을 때

상상해 봐, 상상이 가니 안 가지?

재촉받을 때의 기억 같은 건 사라졌으니까 말야, 나는 자주 시달렸는데

내가 아프다는 거야

치료를 받아야 낫는다고 하는데 우선순위를 정해야 한대

문을 똑똑 두드리는 소리가 들리면 늦었다는 신호라는데 이해할 수 있겠어?

경계해야 한다는 거야, 언제나 어디서나

네가 들려준 말들은 힘이 된다? 이상해

이상한 모습을 한 이불이 움직이고 있어

이번에는 누가 들어갔을까? 기대가 돼

---

* 맑은 날씨를 불러온다는 일본의 인형. 하얀색 천을 눈사람 머리 모양으로 만든 것이며, 비가 내리는 날 처마 밑에 걸어 두면 날씨가 맑아진다는 속설이 있다.

비밀 엽서

땅굴은 자로 잰 듯 반듯했다 지층은 대체로 적갈색이었
으며 내 상상과는 달랐다

＊

처음 빌라에서 나왔을 때부터 나는 단번에 수지를 알아
볼 수 있었다
수지는 복면을 쓴 인부들 가운데 서서
어색하고 불편한 자세로 내게 몇 걸음 다가왔다

악수를 하려고 맞잡은 수지의 손은
차갑다 못해 빨갛게 얼어붙어 있었다
인부들은 포크레인 주위로 삼삼오오 모여들었고 공중에서
영영 작동하지 않을 것만 같았던 커다란 삽은
땅굴 아래로 하강하기 시작했다 넋을 놓고 현장을 바라
보고 있던 내게
수지는 먼저 연락하지 못해서 미안하다며 손에 낡은 엽
서 한 장을 쥐여 주고 떠났다

*

　나는 내 방 침대에서 깨어났고 얼마 지나지 않아 다시 잠들었다 얼마나 긴 시간 잠들었는지 헤아릴 수 없었다 손과
　발이 뜻대로 움직이지 않았다

　열린 창문 사이로 눈이 들어왔다 창밖의 세상만큼 새하얗지 않았지만 내 방 또한 깨끗이 정돈되어 있었다
　마르지 않은 물기 때문에 반짝일 뿐
　낮은 탁자까지도 자리에 그대로였다 벽에 걸어 둔 액자만 보이지 않았다
　나는 문득 액자가 사라졌다는 사실보다 흰 벽이 더 낯설다고 느꼈다 이토록 빛이 환하고 밝은데 천장에는 백열전등 하나 걸려 있지 않았다

*

　수지의 필체가 담긴 엽서 한 장이 바람에 제멋대로 떠다니고 있었다

테루테루보즈

몸이 안 좋아

그렇지만 너의 목소리가 좋아

원인은 모르겠어

퇴원은 언제야?

마지막으로 사람이 다녀갔던 적은?

너 말고 다른 사람은 없었어

네게서 두려움을 빼앗아 내가 갖는 거야

이런 말은 벌써 나눠 가졌다는 뜻인데 잡상인이 네 사람인 줄도 모르고 문을 열어 줬을 때 내 기분은 어땠겠니?

안 좋았어

나만 모르는 게 있는 것 같아

자격이 없다는 결론도

곧 달라지겠지

창가에 맺혀 있던 고드름이 다 녹아내렸더라 너는 예감이 틀리기를 바라겠지만

더는 상황을 번복할 수 없다는 사실을 알고 있지?

추적을 포기했던 밤과 낮

경계가 허물어졌다면

나는 단 한 사람에게라도 도움을 받고 싶었는데

아니라면 찾아오지 않았을 거야

문을 잠가 뒀어

시간을 지체하면 안 돼

있잖아, 나 이렇게밖에 표현 못 하겠는데
몸이 무거워서 그래, 뼈를
꺼내 가 줄래?
한 장 한 장씩 글자를 읽어 나가던 네가
비늘 같은 잠바를 걸치고 있었잖아
다리에 힘이 풀려서 그만 주저앉은 채로
시선을 돌리지 못했잖아
나를 바라보고만 있었잖아

밤눈

산길을 배회하던 네가 있었다…….

너는 나를 기억하지 못했다. 아니, 아예 관심조차 갖지 않았다. 넓고 평평한 흙길에서 고개를 떨어트리던 너는

능선을 내려오고 있었다. 멀리 녹색 이끼로 덮인 개울이 흘렀다. 발등이 돌부리에 걸려 넘어지는 순간에 너는 몸이 떠올랐다.

*

세상은 온통 새하얀 눈으로 덮여 있었다.

옹이가 많고 마디가 굵은 나뭇가지만 남아

흩날리는 눈발 속에서 표지가 되어 주었다. 눈이 무릎까지 차올랐다. 나는 눈밭 위에서…… 먼저 가 버린 너에 대한 생각과 동시에 희미해서

얼룩만 같았던 네게

눈앞이 갈수록 어둡고 비좁아질 텐데 가지 않으면 안 되냐고 묻고 싶었다.

우리가 동행할 수 없었던 이유는 무엇이었을까? 하지만 나는 겨우 몇 발짝 뗄 수 있을 뿐이어서

침엽수 잎 사이에

　걸려 있는 너의 배낭을 꺼내지 못했다. 각오했던 것보다 마음이 힘들었다. 늘 체력이 부족했다. 돌이켜 보면 우리가 처음 산에서 마주쳤을 때 역시

　너는 나보다 긴 시간을 헤매던 것 같았다. 목도리가

　얼굴의 일부분인 것처럼 동여매여 있었다. 입김이 새어 나왔다. 얼어붙은 눈이 딱딱하게 굳어 갔다. 잘 들리지 않는 목소리로 네가 중얼거렸다. 가야 한다고 가야만 한다고 반복해 말했다.

　눈의 무게 탓인지 아니면 어떤 이유에서인지 잘 모르겠지만…… 배낭은 제자리에서 빙그르르 돌았는데 회전이 끝나 갈 때쯤에는 거대한 그늘이 닥쳤다.

　가지 끝이 눈 속에 파묻혔다.

　푸른 지붕만 남은 대피소에서 빛이 번졌다.

경험

무릎에서 피가 난다.

청소기를 돌리고 막 바닥을 닦으려던 참이다.

걸레를 빨러 화장실에 들러야 했는데

안 그래도 된다.

나도 모르게 걸레를 떨어트렸다.

신발 끈을 묶어 줄 때마다 나를 올려다보던 유미에게 어쩐지 미안해진다.

걸레를 다시 주울 순 없을 것 같다.

무릎이 척척하지만 재채기가 나오려는 건 어쩌지 못한다.

눈앞은 신발들로 가득한 현관이고 욕실 문은 저절로 열리는 중이다.

증기가 보인다.

유미에게 나보다 친한 친구가 있으면 좋겠다.

동물이나 식물이라고 해도 좋다. 돌아오는 유미의 걸음을 늦출 수만 있다면

뭐라도 하겠지만…… 내가 달리 뭘 할 수 있을까?

서두르지 않으면 정말 외출을 하기 어려워진다.

어젯밤도 유미는 즐거웠을까?

전과 같은 미소를 볼 수만 있다면 어떤 시련도 견딜 준비가 되어 있는데……

지금 하품이 나와?

유미의 목소리다. 그렇다면 아침이었다.

눈물이 그렁그렁 맺힌 상태로 나는 픽 웃음을 터뜨린다. 유미는 맨 얼굴이다.

천천히 물을 마시고 있다.

분홍색 봄 셔츠가 아주 잘 어울린다. 유미는 들리지 않을 만큼 작게 혼잣말한다.

입가에 물이 흐르면서…… 만들어지는 소리였을까?

집 안은 언제나 그랬듯이 엉망이다.

유미야, 오늘은 나랑 같이 있을래?

어떤 상태의 지속이 우리들 가정에 행복을 가져다주는 걸까? 단 한 번만이라도.

서클

네가 네 입으로 말했지

오물거리는 입술로
더위 속에서
긴장감을 감추지 못하며
나를 떠날 거라고 네가 떠나겠다고
하지만 내게 다른 선택권은 없는 것 같았어 전에
만나던 사람과 함께 있었으니까 단 하루였지만
어떤 변명도 통하지 않으리라는 건 알고 있었지

나는 더는 아무것도 아니었기에
꿀 먹은 것 같은 네 표정을 돌려놓기 어렵겠지만 노력할
거야 봐 봐

사납게 짖던 도베르만은 흔적도, 목줄을 잡아 두던 쐐기도
찾아보기 힘들어졌는걸

마을 사람들은 모두 자기 일처럼 기뻐하는데 네가 만족
하려면 나는

얼마나 여기 더 머물러 있어야 해? 믿음이라는 것은 대체 어떤 의미이기에 네가

떠나는 거야? 주저하지 않았으면 좋겠어

네가 돌이킬 수 없을 만큼 멀리 가 버리면

나는 누군가 다른 사람을 찾게 될지도 모르니까

너와 만났던 나는 누구이고 다른 사람들은 다 정체가 뭐야? 내가 누군가가 되었던 것처럼

너도 나를 이해해 줄 순 없었어? 너는 왜

나랑 만난 거야? 나는 너를 보고 겁내지 않았지 그때

우리는 단둘이었잖아

스노우볼

계속 달리니까 내가 아니라 운동장이 뛰는 것 같다 전
등 주위에 달라붙은 나방들의 상황을 알 것 같다 옆에서
유미가 눈을 비빈다

너는 어리석었어
어째서 내가 불나방인데?
마음을 너무 쉽게 고백했던 거야 몇 년째였지?
산지가 불탔고 조용했어
……
오빠가 바람을 쐬러 나가자고 했어
……
나는 야산을 올라 본 적이 없어
……
왜 꼭 나여야만 했을까, 오빠는 다른 뜻으로 그랬을까?

날벌레가 꼬이는 그늘이어서 멈춰 설 수도 없는데 숨이
찬다 자꾸 입이 열리고 콧구멍도

넘어지면 어떡하지?

차라리 눈을 감아 그럼 두렵지 않을 거야

골대는? 한 바퀴를 다 돌고 나면 골대가 나올 텐데

입구는 아주 멀어 기억에서 희미해진 만큼 다시는 보이지 않을 거야

두통이 생겼다 한숨 자고 일어났는데 날이 어두워져 있었다 이전처럼 조깅을 나왔지만 새벽이다 바람이 머리카락을 걷어 내고 세상을 밝혀 준다

너 건강한 거 맞지?

나? 건강하지 너보다는

우리는 왜 이렇게 궁금한 게 많을까? 할 얘기가 더 많아지는 것 같아 왜 여전히

오빠는 왜 답장이 없을까? 사실 나는 오빠를 잘 몰라

나는 왜 말이 없었을까 다른 사람들에게는 그런 내가 말수 적은 사람으로만 비쳤을까, 유미의 입술이 파랗고 귀엽다

어디를 다녀왔어?

......

내 손목 좀 제발 놓아주면 좋겠어

유미는 고개도 들지 않고 나를 열심히 잡아당긴다

해바라기

해바라기는
줄기가 잘려 나갔다

해바라기가 꽃 피우는 계절이 아니었을 때
지수는 햇빛을 피했다
정원의 그늘에 숨어서

시들어 가는 해바라기를 발견했을 때
지수는 공원에 있었다 좀처럼 외출을 나오지 않던 지수
와 마주쳤을 때

만개한 해바라기를 사이에 둔 채로 지수와 다음을 기약
했다
나는 잔디밭을 가로질러
숲속을 헤맸다

나무 덩굴 사이에서 폭죽이 터졌다
폭죽놀이가 끝난 태양 아래 나는 잠에서 깨어났고
쓰러진 떡갈나무 아래에서

피를 흘렸다
따뜻하고 밝은 빛으로 가득한 여름이었지만
지수는 비탈을 내려가고 있었다

공터에는 꽃 피운 해바라기가 있었다
지수의 뒷모습이 가려져 보이지 않았을 때
나는 불타는 숲속이었다

2부
창문 바깥
늘 같은 시간

생일날

케이크를 샀다 어제도 누군가는 생일을 맞았을 거다 내일도 그렇다

예상했던 일이지만 약속이 취소되었고

나는 괜찮지 않았다

주인공은 내가 아니라 수지였다 4층 수지네 집 창문을 올려다보며

누른 초인종 버튼이 떨어져 나간 여름날,

케이크 박스를 쥔 손으로 닫혀 있는 자동문을 열려고 했다 믿기지 않을 정도로

현관 안쪽이 캄캄했으니까 계단에 걸터앉은 누군가가 비쳤고 장맛비가 막 내리기 시작했던 7월,

한 달간 선풍기를 끄지 않았다

식전 기도를 위해 눈 감아야 했지만 눈 감지 않아도 좋을 만큼

집 안은 어두웠다

어떻게 해야 기분이 나아지는지 나로서는 알지 못했다 알고 싶지도 알려고 애쓰지도 않았다

누군가 만약 내게 그만하라고 했다면 고개를 들지 못할 만큼

부끄러웠을 텐데, 누구도 박수 치지 않았고

저절로 촛불이 꺼졌다 얼마만큼 작은 소리가 필요했던 것일까? 수지가 문을 닫고 들어왔을 때는

등을 돌린 누군가가 있었고 수지는 굳어 버렸다 수지는 다가오다가 머뭇거리기를 반복했다 그런데도

나타나 다행이라고 여겼던 내 마음에 대해 이해할 수 없었다

생크림케이크는 녹지 않았던 것 같다

아무도 입을 대지 않았던 케이크를 가져온 건 대체 누구였을까?

케이크를 꺼내기 전까지 나는 잊고 있었다 곁에 수지가 없다는 사실을

공터에서

벌을 받는 것 또한 내가 스스로 자처한 일이라고 한다.

부정하거나 반박하기 어려운 말이다.

늘 뭐가 문제냐고 걱정하듯 묻던 수지 대신 내 안에서 소리가 들려오기 시작하고

나는 일기를 쓴다.

불면

깜짝 놀랐어.

자전거 한 대가 바로 옆을 스쳐 지나갔어.

 철문이 열렸어. 엄마는 카페로 다시 들어갔어. 잘 차려입은 남녀가 북적이던 거리 풍경을 뒤로하고 컨테이너 벽에 기대어 발로 흙을 찼어. 사람들이 곁눈질하며 나를 쳐다봤어. 다른 가게들은 전부 스산했고 손님이 없었어. 어딘가에서 익숙한 멜로디가 흘러나왔어. 따라 부르려고 했지만 가사 한 구절조차 생각나지 않았어. 검은 물, 벤치, 바위 위에 앉은 철새가 이번에는 날아가지 않기를 빌었어. 네게 이다음에 크면 일찍 결혼하고 싶다고 했지. 미술 선생님이 전임 가시기 전날이었어. 다 같이 다과를 나눠 먹었는데 중학생 때였어.

 우리들을 외따로이 묶어 놓으려는 엄마의 수작일까, 긴장 풀어. 별일 없을 테니까. 흙먼지 좀 봐. 네 신발 바닥에 압정이 박혀 있을 거야. 뱀이었나,

거기는 호숫가였던가, 가슴이 벅찼어. 그래. 네가 가늠하던 모든 것들을 실은 알고 있었어.

너는 아무렇지 않아 보였어. 오늘은 술을 마시지 않았으니까. 그래. 미안해. 나는 좀 더 마시고 싶었어. 볕이 좋은 하루였어. 엄마가 카운터를 맡아 달라고 했는데 카페 일이 바쁜가 봐. 그래. 나는 자신 없었어. 밤이 유난히 길었어.

복도에서

선생님께선 여전히 교편을 잡고 계셔.

……

정말 배가 고팠거든. 점심때 먹은 제육볶음 맛이 이상하다고 느꼈는데, 그럴 때 그만둬야 하는데, 대신 두부와 가지를 집어 먹었어. 갈증은 없지만 배가 아파 왔고 도무지 영문을 몰랐어. 몇 시간이 지났는데 그대로야. 위층 사람들은 잠도 자지 않나 봐.

……

방음이 잘 안 되는데요. 괜찮으세요? 선생님, 저희가 조용히 할게요. 실은 말씀하신 내용 중에 걸리는 부분 때문에요. 고쳐 드리고 싶거든요. 저를 무시하셔도 돼요. 선생님 뒤에 계신 분을 위해서라도 명사를 제대로 짚어 주는 게 좋아요. 제가 아니라 처음 뵙는 분이 불편해 보여요. 저희는 이상하리만큼 잠이 오지 않았어요. 우연히 서로에 대해 알게 되었어요. 믿어지지 않는다는 표정이에요. 선생님, 충분히 혼란스러우실 거예요.

……

아니었나요?

……

우리는 대화를 나눴다고요. 잠깐이지만 정적이 흘렀고, 나는 이 사람 이야기를 더 잘 들으려고 고개를 앞으로 내밀었어요. 당신들은 노력했나요? 어려웠겠죠. 이 사람을 좋아할 순 없을 거예요. 자리를 떠났을 때는 불평불만 없으면 좋겠어요.

......

가능한가요?

......

제 친구가 식은땀을 흘리는데요. 어떻게 하면 나아질까요? 친구의 상태가 많이 안 좋아요. 선생님, 제가 아니라 친구가요.

하늘의 푸른빛

네 뒤로 다가가 숨고 싶었다 나는
닿을 듯 닿지 않는 거리에서 거짓말, 들리지 않을
이야기를 털어놓았고
네가 돌아보지 않는다는 것 너의 옆모습만이
흔들린다는 것 고장 난 기계처럼
(목이 가늘어 너는
입체는
왜 이다지도 투명하기만 할까? 망가지지 않는 실물, 죽지 않는
식물 되어) 구체적인 원인을
밝히려고 하는데

나는 음료수 캔 하나 제대로 따지 못했지

알루미늄 원반 위에서
한쪽 손은 엇나가며 헛손질하는데
캔 음료는 굳게 잠겨 있었고
테이블 위에 남아
언제 시작되었는지, 끝났는지도 모를
대화를 엿듣고 있었어

나는 유리창에 납작 달라붙어

너와 너를 가린 뒷모습의 정체가 곧 나라는 사실을 이해

할 수 있었다 등을 돌린

내 모습 뒤로 날아온

회백색 나방이 창가에 내려와 앉았다

원뿔형의 나방 날개는

내 작은 기척에도 미동이 없었다 습하고

축축한 하늘 아래

굳은 페인트가 알알이 뭉쳐져 있었다 지붕이 없는 건물

위로

흰 구름이 몰려들었다 칼날을 닮은 구름이었다

한 사람의 불확실

지난밤 당신은 의자처럼 앉아 있었고 의자가 놓인 곳이라면 저는 어디든 앉아 당신의 지난 일들을 보고 들었습니다 같은 자리에서

우리는 정말 같은 자리였던 적 있었을까, 당신이 제게 물었습니다 시소와 그네가 비어 있어 저도 모르게 눈앞의 풍경에 대해 대답했습니다

한 명의 아이도 보이지 않던 놀이터는 금세 어두워졌고 연인이 떠나면 노숙자가 다가왔습니다 그들은 서로 같은 사람들 같았습니다

당신은 지난 일들을 제게 들려주었고 고개를 돌릴 때는 슬픔에 잠겼습니다 창문이 나 있었고 창가의 별빛이 두 눈에 익숙해지면 이전의 풍경은 남지 않았습니다

거리에는 아무도 없었습니다 아이는 거리를 지나면 놀이터가 나온다는 사실을 알았지만 놀이터에서 막 돌아왔던 건지도 모릅니다

저는 가만히 멈춰 선 아이를 바라봤습니다 아이는 길을 잃어버린 것 같았고 혼자 남은 아이에 대해 누군가 묻는다면 제가 행방을 알려 줄 수 있을 것 같았습니다

저는 아이가 어째서 어디로도 가지 않는지 몰라 답답했습니다 피곤했고 아이가 저의 존재를 의식하는 거라고 믿게 되었습니다

창가에 다가갔습니다 이제는 제 이야기를 해도 되겠다고 생각했습니다 유리 벽이 사이를 가로막았기 때문입니다

창가에 비친 저는 아이의 곁에 나란히 서 있는 것 같았습니다 당신의 어릴 때 모습 같아 등을 돌렸는데 당신은 언제 자리에서 일어났습니까?

제 방에는 의자 하나만 덩그러니 놓여 있었습니다 집에 오랜만에 들어오는 것 같았습니다 하루가 지났다는 것을 저는 알게 되었습니다

리모델링

현관에는 운동화 두 켤레가 전부였다 하얗고 때가 탄 운동화였다 아직 쓸 만했지만
내 발보다 작았다

현관문이 열리지 않았다 조금이라도 서둘러 나가고 싶은 마음에 잡아당겼던 손잡이가 고장 나 버렸다 철문에 등을 기대고 있던 찰나
잃어버린 줄 알았던 단추가 창가에서 반짝였다
창문이 열려 있었다
열린 창밖으로 바람에 멍든 목련 꽃잎이 덤불 같은 가지를 감싸 안으며
함께 흔들렸다

단추를 주워 주세요

익숙한 목소리였다
꽃잎이 사라질수록 그러니까 창문 아래로 떨어져 내린 꽃잎의 수가 늘어날수록
음성은 더 커졌고 밤은 깊어 갔는데 어쩌면 목소리의 주

인공에게는 단추가 필요하지 않았을지도 모른다, 단추를
치워야 하는 상황이었거나

　내가 발견해서는 안 되는 단추였는지도 모른다 언제부터
였을까?

　가구 한 점 없이 집 안이 깨끗하게 치워진 것은

　텅 빈 부엌으로 단추가 굴러왔다 뒷걸음질 치면 뒷걸음
질 칠 수 있었을 뿐

　발이 땅에 닿지 않았다 크기가 줄어든 운동화 두 켤레
가 현관 아래에 놓여 있었다

지렁이 지키기

비가 내렸다 나는 파라솔 아래에서 비를 피하고 있었다
시원한 비바람이 좋았다 가을비였다 붉게 물든 낙엽이
거리를 가득 수놓았다

낙엽들은 다 어디서 떨어진 걸까?
너의 목소리였다
언제부터 와 있었냐는 내 질문에는 답해 주지 않고 너
는 빗속으로 향했다 한 발짝씩 멀어질 때마다 네가 줄어들
었다 아니, 사라져 갔다 네가 입은 치맛자락은
내가 잡고 있는데
비가 내렸다

낙엽 위로 진흙이 뒤섞이면서
지렁이 한 마리가 때 묻은 얼굴을 내밀었다
내게 멀지 않은 거리였다 네가 막 밟고 지나간 자리였다
주변에는 물안개가 자욱했는데 지렁이는 낙엽 아래에 몸이
대부분 가려져 있었다 내가 달팽이를 보고 지렁이라고 착
각한 건지도 몰랐다

너의 발뒤꿈치가 땅속에 파묻혔다

나도 모르게 고개가 돌아가는데
손에서 치맛자락이 미끄러졌다
네가 웃고 있었다 너는 입이 찢어지도록 웃었다 너의 웃음소리가 귓가를 떠나지 않았다

새로운 필름

곧 영화가 시작된다 나는 안다 네가 나 때문에 긴장했
다는 사실

나는 네 옆자리가 아니었는데 자리를 바꿨다 재채기가
나오려고 한다

코가 가렵고 입은 잘 다물어지지 않는다 그런데

너는 거북목이구나

주변을 서성거리는 사람들이 보인다 다들 어디로 가려
는 것일까? 출구 없는 어둠보다

더 재밌고 좋은 것을 발견할 수 있다면

나도 너를 일으킬 수 있을까? 그러려면 내가 먼저 나서
고 행동해야 할 텐데

나는 그냥 영화관에 왔다 너희 집과 가까운 영화관에

있고

　혼자 영화를 보는 것도 나쁘지 않았다 별다른 기대는
네게도 없었겠지 영화가 끝나기를 기다리면서

　안정감을 느낀다 넋 나간 사람처럼 대사를 줄줄 뱉던
배우가 어서 나와

　울다가 웃었으면 좋겠다

　어째서 너는 단 한 번도 나를 돌아보지 않았을까?

　사람들은 모두 제자리에 앉아 있다 그러나 텅 빈 극장
같아서

　아직 시작하지 않은 나의 하루가

　벌써 끝난 것 같다

나뭇잎

내게는 애착 인형이 있었다.

남동생에게 방을 빌려준 사이 애착 인형이 사라져 버렸다.

독감에 걸린 동생은 몸을 일으킬 기운이 없었다.

젖은 수건에 남아 있는 온기를 느끼며

몇 년 만에 보는 모습인지 생각해 보았다.

앞집의 담장 너머로 자라난 장미나무가 참 예뻤다.

창틀이 바람에 흔들리니까 창문을 반쯤 닫았다.

그래도 창틀은 진동하고

뾰족한 나뭇가지 하나가 창틀 안쪽으로 불거져 있었다.

잠든 동생의 숨소리가 커졌다.

어렸을 때는 이를 갈았던 것 같은데 지금은 코를 골았다.

동생의 머리맡에서 방문까지 거리를 사선으로 오고 가며

창밖을 바라봤지만 연결된 나뭇가지의 뿌리를 알기 어려웠다.

내 그림자가 벽을 다 덮었다.

새순을 떠올렸다.

나뭇가지는 길고 부드러울 뿐 잎 한 점 달리지 않았는데

이렇게나 빨리 자랄 수 있다는 게 놀라웠다.

아픈 동생을 깨웠다.

이마에 올려놓은 물수건이 침대 위로 흘러내렸다.

동생은 자고 있지 않다고 했다.

눈앞을 흐리던 무언가가 분명 자신을 가리고 있었다고

잠깐이었지만 답답했다고 말했다.

나는 과장된 말투로 며칠 더 내 방에서 머물러도 좋다고 했다.

누나는?

그게 아니라 누나는 잠깐 밖에 나갔다 오려고.

그러려면 네가 꼭 일어나야 돼, 네 도움이 무척 필요하거든.

종점

그 애가 뭘 잘못했는지 모르겠지만
사람들이 나를 다그쳤다

전철에 탔는데
걸어오는 것보다 멈춰 서 있기가 더 힘들었다
내려야 할 타이밍을 놓쳐서
차라리 마음을 비우는 편이 나을 것 같았다
환승역이 머지않았고
나는 운이 좋은 편이었으니까, 다치지 않으려면
가만히 앉아 있으라고 말하던 그 애는 깁스를 두른 쪽
다리를 끌며
인파 속으로 들어갔다

택시를 타고 집 앞까지 갔다가 돌아와
친구들과 만났다
밤새 놀며 전날도 날을 샜는데 감미로운 음악은
끝나지 않았고 춤을 췄을 때는 다 같이 하나 된 기분을
느꼈다
나는 내가 아닌 것 같았다

정말 어려운 일은 반복이 아니라 기억하는 게 아니었을까

계단을 내려가고 올라서던 순간들처럼
낯선 소리가 울려 퍼졌지만 정체를 알 수 없었으니
공간은 낮게 이동하고 있었다

맞은편 창가로 비치던 내 얼굴이 물처럼 쏟아졌다

코스모스

의자에 앉아 있다 앉기 전의 내 모습이 잘 생각나지 않는다 의자가 있었는데

갖고 싶던 건 아니었다 이제는 다 괜찮다 충분하다고 느끼면

비어 있는 의자가 보인다

달려오던 스쿠터는 도로 한복판에 버려진다 헬멧을 벗은 그는

어딘가 억울하다는 표정이다 내 한쪽 손에 헬멧이 쥐어지고

입고 있던 망토가 들썩인다

그는 바쁘다 울며 흐르는 눈물을 닦느라

망토에 얼룩이 묻는다 춥다 내 무릎에 엎드린 그는 왜 슬퍼하는 걸까?

주위에는 코스모스가 만개했는데 같이 걸으면 기분이 좀 나아질 텐데

그는 스쿠터 뒷좌석에 나를 태운다

갈라지는 꽃밭 나뉘는 길 위에서 우리 둘은 불탄 밭으로 들어간다

오늘 저녁을 무사히 넘기려면 어떻게 해야 할지를 고민하던 사이

그는 내 머리에 헬멧을 씌워 준다 쓰고 있던 안경이 떨어진다

빛나는 렌즈를 찾아 더듬는다 땅의 축축함이 전해지고 나는 온몸이 굳는다

이러는 내가 안전한가?

잡풀이 자라나고 스쿠터는 더 이상 나아가지를 않는다 그의 어깨에 기대어

고개를 묻는다 심장 뛰는 소리가 들린다

일어선 그는 나를 내려다보지만 내게 다른 것을 내어 주지 않는다

미경작지

현관문을 닫고 뒤뜰로 나가면서
내가 발견한 건 민들레였다
꽃 주변을 돌멩이가 둘러싸고 있어
개나리라고 착각할 뻔했다

나는 실내화를 신고 있었다 등받이 없는 의자가
불편했다

외벽에 등을 기대다가 고개를 돌릴 땐
머리가 조금 무거웠다

나는 좀 전까지 수지네 집에 있었고
본가에는 얼씬도 하지 않았다 다른 뜻은 없었다

엄마가 보고 싶어서
지금은 수지를 혼자 남겨 됐으니까

수지는 키우던 고양이를 잃어버렸다
빈집에 모래가 가득한 건 가시지 않는 체취 탓이며

수지는 이사를 떠나고 싶다고 했다

햇빛 쏟아지는 가운데 나는 수지에게서 훔친
동전을 주먹에 나눠 담고 현관문을 열었다

바깥은 개나리로 만발한 앞뜰이었다
엄마가 생각나 처음으로
수지를 소개해 주고 싶었는데 집에서는
내 신발이 보이지 않았다

낮고 반짝이던 검은색 구두를
어떻게 하면 되찾을 수 있을까

주변을 둘러보면서
실내화 밑창에 묻은 노란 흙을 털어 냈다

시공 기사

　나는 누군가 집으로 들어가는 소리를 듣는다 다른 누군
가는
　계단을 오르거나 내려가지 않고 난간을 붙들고는 멈춰
선 것 같다 그게 아니라면 내가 복도를 헤매지
　않아도 되었을 텐데 야트막하고 낮은 언덕까지 자취를
감추고 나면 나는 가던 길을 멈추고
　행선지를 바꿔야 할지도 모른다

　밤하늘에는 별이 떠 있다

　언니는 혹시 죽어 버린 게 아닐까?

　내가 모르는 사이에 언니가 발을 헛디뎠다면 난간 아래
에서 언니의 흔적을 찾을 수 있을지도 모른다 누군가
　나의 어깨를 젖히고 나를 벽까지 밀친다

　꽉 막힌 인간 같으니

　누군가 건물을 허물기 시작하고 가루가 날린다 생전 처

음 보는 꽃의 종류와 독한

　향기가 언니를 괴롭혔던 거라면 이대로도 나쁘지 않은 것 같다 그런데 언니는

　예쁘게 웃었으니까 내가 모르는 사실 때문이 아니었을까, 고개를 돌리니

　벌레가 있었다

　언니는 나를 외면했다 미안하다는 말을 남겼는데 그때가 마지막이었다 문을 새로 달았으니까

　아무것도 없잖아? 다 됐지?

낭떠러지

얼마나 높지? 알고 싶으면 떨어져야지 뒤로 걸어야 할 거
야 내게 몸을 맡기고 눈을 감아 봐 지금이 몇 시인지 묻지

않았으면 좋겠어 중심을 잃지 않으려면 개의치 말고 필
요한 것만 얘기해 그러면 나는 안심할 거야 그렇잖아 너니
까, 다른 사람들이 알아본 거야 이만큼

큰 점이 있었어?

태어날 때부터 혹처럼 달고 다녔는데 머리카락만으로
가려졌어 몇 년 전까지는 모자를, 최근부턴 다시 마스크를
쓰고 다녀 어때? 달라 보이지? 내가

거짓말했어

이유가 있었던 거야 낯설어?

머리를 묶어 줄까? 뒤로 돌아볼래? 네가 움직이는 편이
나아 나보다 민첩하잖아

나는 남들보다 체격이 클 뿐이야 자라면서 사람들 도움
을 많이 받았어 모두들 내게 조심해야 한다고 주의를 주는
데 왜일까? 끝까지 책임지지 않을 거면

약속하지나 말지

나는 어떻게 되는 거야? 말해 줘 재밌는 일 없어?

가만히 좀 있어 봐

어때?

왜 그랬어? 너는 정말 나쁜 인간 같아 자신 없으면 어떡
해야 돼? 나는 왜 여기 있는 거야? 너는?

보푸라기

호밀빵을 먹었다
손금이 지워져 있었다
얼마나 많은 부스러기를 흘렸던지 오래 굶으면 환영이
나타나
나를 괴롭게 하는데
난 자유로울 순 없을 것 같았다 떨어지고 싶지 않은데
나만 혼자인 게 싫어 바깥으로
나왔다

기억을 잃은 척 누구에게도
성실하지 못했는데 사실 집중이 안 되었던 것 같다 유리
로 된
그릇이었을 거야 아마
물난리가 날 거야 우릴 지켜 주던 집도 절도 다 망해 버
렸으니
상황을 더 나쁘게 만들지 않으려면 나를
나쁜 사람으로 만들지 않으려면 꼭 안아 주면 좋겠어
지금
처럼만

멈출 수 있었다면

그때도 싸움이 났을까? 나는 두 번씩이나
숨어야 했는데

이렇게 날아가는 게 맞을지 모르겠어 조금만 버티면
결과가 달라질까?

마지막으로 한 번만 한 번만 더 마음을 추스르고 다잡
을 수 있을까?

아직 태어나지 않은 나에 대해 고민하며

3부
산책을 하면
너희 집으로 갈 수가 있어

지진

할머니를 알아보지 못했다
한 번 뵌 것도 아니었는데 나는
건물 안에 들어와서 나갈 수가 없었다
쏟아지는 빗물은 물감 같아서 세상을
파랗게 물들이는데
누군가에게 처음 마음을 고백받은 날이었다

젖은 청바지를 입고 있어도 좋았다

깨진 장독대처럼
건물 바깥으로 물이 쏟아지는데
내가 떠오르지 않는다는 게 신기했다
우리들 입김 위로 꼬마 유령이 맴돌고
눈이 시리도록 거센 빛을 발산하는 동안 단단하던
손바닥이 녹아내리고

천장에 이마가 닿았다, 분명 우린
헤어진 사이였는데

건물은 흔들릴 때마다 연인들을 괴롭게 하지,

주무시고 계신 할머니
머리맡을 나는 기어서 지나왔다

영향력

　수지는 내가 싫다고 했다 나를 진정한 친구로 여겼던 적
도 있지만 다시 예전으로 돌아가기 위해 노력을 기울여야
한다고 했다
　무슨 대답을 하건 변명이 될 것 같아서 나는 자리를 박
차고 나왔다
　그런 고백을 듣기 위해 기다렸는데 더는 허리가 아파서
참을 수 없다는 말을 남기고
　집으로 왔다

　누구에게나 집은 있고 보금자리라는 표현보다는 익숙해
져서 어떤 감정도 영향도 미치지 않는 상태를 나는 집에
있다고 말하는 것이 아닐까

　수지는 주먹을 쥐고 가슴을 텅텅 쳤는데 내가 붙잡아
주기를 바라는 것 같았다 개야 할 빨래와 어질러진 책상을
피해 나는 침대에 누웠다 이불 속으로 들어가 좀처럼 따뜻
해지지 않는 날씨에 대해 생각했다

　수지는 겨울이 낭만의 계절이라고 했고 아빠는 왠지 모

르게 그냥 겨울이 싫다고 했다

　새하얀 눈밭 위에서 나는 언젠가 한쪽 발에 힘을 주고
는 밧줄에 매달린 적이 있는 것 같았다 미끄럼틀에서

　발밑으로 흩어지는 모래알들처럼 망가진 삶을 살지 말
자고 다짐했다 구름사다리에서 떨어졌을 때는 잠깐 정신을
잃었다

　겨울이 끝나 간다는 것을 질척거리는 바닥을 통해 알게
되었다 바지 밑단에는 진흙이 튀었고
　검게 물든 바지를 쓰레기통에 던져 버렸던 것도 기억했다

　꽉 찬 쓰레기봉투를 들고 집 밖을 나왔다 거대한 쓰레
기 트럭을 피해 먼 길을 돌아가야 했는데
　아스팔트가 검은 혀를 가진 것처럼 타이어를 빨아들였
고 차들이 전력으로 질주했다

　수지는 책상 앞에 앉아 있었다 말끔하게 정돈된 내 방
에서 뒷모습으로 무언가를 적고 있었다 가끔 고개를 들어

창밖을 바라보기도 했다

하얗게 물든 눈밭에서 아빠의 발이 푹푹 빠졌다 점점 가라앉는 아빠는 곧 얼룩처럼 작아졌지만 수지는 계속 펜을 긁적거렸다

나는 내 집에 어째서 수지가 와 있는 건지 그렇다면 이곳을 내 집이라고 불러도 좋을지 나에게 먼저 묻고 싶었지만 달리 갈 곳이 없었다

새싹 뽑기, 어린 짐승 쏘기*

처음에는 잡초를 제거하려던 것뿐이었다 손 안 가득 움켜쥔 잡초가

들쭉날쭉했다 빛바랜 보도블록은 이끼로 가득했는데

네가 쪼그려 앉은 자리만 유독 눈에 띄었다 아니, 정확히 말하면 너의 주변만 안개가 껴 있는 것처럼 뿌옇고 반짝여서

신경이 쓰였다 친구들은 횡단보도를 건너며 어깨 위로 손을 흔들어 보였다 너와 나 둘 중 누구에게 건네는 인사인지 구분할 수 없었다 친구들은 곧 너였고 너는 내 친구였으니

나만은 자리를 떠나선 안 될 것 같았다 나 하나 남는다고 해결될 문제는 아니었지만 그래도 나는 중요한 숙제라도 되는 것처럼

잡초 뽑기에 열심이었다 물기 한 점 없이 마른 흙 위에서 뿌리째 뽑힌 잡초를

수거했다 친구들이 버리고 간 과자 껍질이 가부좌를 틀고 앉은 내 다리 안쪽에 쌓여 있었다 차라리 네가 없었거나 보이지 않았더라면 하고 원망이 되다가도

나는 네가 내 옆에 있고 우리가 함께했더라면 지금보다

는 상황이 낫지 않았을까 조용히 되묻고 싶었다 눈앞의 친구들과 멀어질수록

  너와 작별하는 것만 같았다 친구들은 다 같이 공사 현장으로 향했다 행방이 흩어지며 드러난 가림 벽으로

  과자 껍질이 날아가 달라붙었다

  자리에서 일어서는 순간

  나는 쥐고 있던 잡초를 손에서 다 놓고 말았다

* 오에 겐자부로, 유숙자 옮김, 『새싹 뽑기, 어린 짐승 쏘기』(문학과지성사, 2018)에서 제목 차용.

난쟁이

같은 말만 반복하면 건강하지 못한 것 같아서
(좋은 모습만 보이고 싶었던 나야)
잘 모르는 네게도 거짓말을 했다

네 어릴 적 경험에 대해 들을 때는
눈을 마주치며 이야기하는 너의 태도가 좋고
배울 점이라고 생각했다

따돌림을 당했던 기억 때문인지 네게는
웃는 게 습관이 된 것 같았다 다른 이유가 없었는데
웃음이 멈추지를 않았다

나는 그래야 될 것 같았다 처음 네게
다른 친구를 소개할 때도
(낯선 사람들 앞에 서는 것은 나라고 느끼며)

네 손을 잡고 있었던 것처럼
(세상이 하얗게 보였던 순간을 기억하니?)
장작불을 쬐거나 거센 바람 소리가 들려와도

텐트 안으로 돌아가지 않았다
버려진 묘지가 많은 깊은 산중이었지만
함께 온 사람들은 그 사실을 모르고

잠들고 자다가 깨곤 했다 그들은
얼굴 지워진 사람들이었으므로 (내게는 단지
용기가 필요했을 뿐이다) 네게 산을 내려가라고 말했다

*

너와 만났던 다음 날 또 다음 날이 되어 나는
사라진 텐트 주위를 오고 가며 어릴 때 너를 닮은
꽤나 그럴싸한, 슬픈 표정을 지었다

눈사람

수지가 나를 찾는다 몇 번이나 내 이름을 부른다 정확한 발음이 아닌데도 나는 수지가 있는 곳, 수지 집, 수지가 누워 핸드폰을 만지는 장면까지 상상하게 된다

어디서부터 잘못된 걸까

화가 난다

예전부터 수지는 목소리가 작았는데 달라진 게 없는데 나만 나쁜 사람이 된 것 같다 가느다란 음성이라고 해도 기대고 싶어서

나는 창문을 모두 닫는다 조금도 어둡지가 않다 땀이 찬다

주먹을 쥐었다 편다 증명할 수 없다, 부정하기 어렵다는 막연한 공포 속에서

뭐가? 질문이 튀어나온다 내 소리가 전해지지 않는지 수지는 대답을 안 한다 내가 싫은 걸까 다 알겠으니까

화제를 돌리고 싶은데 창틀이 계속 눈에 들어온다 먼지가 쌓여 있다며 치우겠다던 수지가

나는 좋았다 그때도

눈이 내렸던 것 같다

눈덩이가 녹아내리고 생긴 정체 모를 빗금 위로
아이들이 고개를 내밀었다 아이들의 어깨에 둘러싸인 가
운데 수지가 차갑게 얼어붙은 검지를 하늘로 들어 올렸다
이빨을 찾았다!
하지만 내 착각인지도 모른다 달고 날카로운 사탕이란
대부분 한 줌도 안 되는 거니까 들고 달아나던 수지보다
아이들이 더 빨랐다

이 모든 걸 어떻게 알고 있는 거지? 나는
졸린 눈을 깜빡이며 묻는다 수지가 조금 낯설어진 목소
리로 속삭인다
너는 기억력이 좋아
두려워
내게는 마땅한 대답이 떠오르지 않는다 귓속은 온통 빗
소리로 가득하다 매미가 운다

체인지

네가 바꿀 수 있다고 생각해? 아직까지
해가 중천인데
네가 꼭 창문을 닦아야 해? 내버려 두면 안 돼? 침상을
더럽혀서라도 너는

은혜를 갚아야 했어

말을 아꼈지

저녁을 차리고 계시던 엄마가
저녁을 완성하시거나 할 일이 떨어지시면 그러니까 끓고
있던 국이 사라지고 남지 않으면
가스 불을 끄려고 하실 거야
불꽃이 타오를 테고 모든 광경을 숨죽여 지켜보던 네가
있어
섣불리 움직였다가는
우리가 영영 다시 만날 일이 없을지도 몰라

이렇게 허무하게 헤어져야 하다니 너무해!

너도 엄마가 놀라는 걸 원하지 않았잖아

하지만 갑자기 국이 사라진다는 건 말이 안 돼 들어 봐

나는 너희 엄마가 아니야

엄마가 와 계실 수는 없어 엄마는 너를 보지 못하셨으

니까, 너는

네가 누구인지 잊고 있는 것만 같아

녹음실

낮잠 자는 동안은 악몽도 없지

낮에는 일해야 하고 밥 먹고 사람들이랑 그만 좀 다퉈

학교에선 뭘 가르치는 거야 안타깝지만 나는 이 정도밖
에 안 돼

차라리 내 탓을 해

네가 나 없는 곳에 안 가면 좋겠어

네가 없다면 좋겠어

다른 사람을 사귀거나 놀러 다닐 수 있잖아

나도 같은 학생인데 자전거를 타고 수영장에 가서 하루
를 보내잖아,

옆집 언니가 나타난다?

언니가 나를 따라다닌 거야

너는 모를 거야

언니 앞에서 나는 헤매는 캐릭터거든

뭐 하나 제대로 선보인 적이 없지

잘못은 아니더라도 부끄러웠어 너는 모를 거야

비밀을 간직했던 나인데

지금은 아니잖아 많은 게 달라졌고 이제는 네가 나타나
기만을 바라고 있어

우리가 함께했던 순간들처럼 변함없이
나는 등 뒤로 몸을 기대고 있어
헤엄치는 속도는 점점 느려지지만 언니는
풀장 밖을 나가려고 하는 것 같지 않아

꽃다발

천사가 이불을 뒤적인다

천사는 날개가 젖고 날개가 부풀어 오른다 이불 속에서 천사는

한참을 빠져나오지 못한다

늦은 오후 아니면 이른 아침이었을 것이다

날씨가 맑았던 날로 기억한다

마당에 널어 둔 빨래가 보이지 않았다

나 대신 제초 작업을 마친 인부의 무릎은 붉고 푸르게 멍들었는데

잔디는 변함없이 푸릇푸릇했다 풀만 무성했다 안쪽에는

굵은 장대 같은 것도 세워져 있었고 이름 모를 식물들, 죽은 잎들 또한

가득했다 나는 상황 파악이 어려웠다 발이 땅에 닿지 않았다

내 몸이 이리저리 끌려다니는 것 같았다 날카로운 풀이

눈을 찔렀다

　가도 가도 끝없는 덤불 속이었다

　기다리고 있을 집주인을 생각해야 했다

　사위가 조용했던 탓에 비록 나 혼자 산책을 나오게 되었더라도

　머리가 깨질 듯 어지러웠으니까

　사람 하나의 형상이 어젯밤 내 모습처럼 현관 입구에서부터 나를 맞이하고 있었다

아케이드

네가 혼자였다면 난 너를 잃어버렸을 거야

남은 일정 모두 취소하는 게 좋겠어
들어가 쉬고 싶거든

처음 만났을 때 그녀는 지퍼를 턱 끝까지 끌어올리다 못해
땅바닥에 주저앉아 있었는데
어쩌다가 나와 걷게 되었고
지금은 천막과 천막
주변을 날지

산책을 하는 거야 그러면 나도 너희 집으로 갈 수가 있어
그녀는 전부 다 뒤질 거거든 문제는 우리가 모른다는 건데
너는 너의 가장 소중한 물건을 되찾을 수 없을지도 몰라
내가 겪은 일이야

나는 눈이 참 컸는데
쓸모없어 그렇다고 내게 무슨 특별한 대안이 있는 것은
아니지만

서두르지 않으면 그녀는
영영 우리 곁에 남아 나와
너를 난생처음 보는 곳까지 데려갈 거야

나는 네가 없어졌다는 사실을 알아차리지 못하거나
인정하지 않을 수 있지만 너를 볼 때면 그녀 생각이 멈
추지를 않아서
천막 아래로 난 길을 걷지 빠르게
날아 봐야지

분열

나는 일을 하고 있어

살기 위해
뜨거운 면발을 삼키다가
쏟았는데 다른 사람들이 치워 줬어 외국인에게 눈길이
팔려 있던 나는
자리에 앉지 못하고
사람들이 가득한 테라스 주변을 서성이는데

어디서부터 잘못되었던 걸까

피 냄새를 맡고
두 손을 확인해 보았어
노을빛처럼 갈라지던 목소리
낯선 사람이 다가와 입을 열었을 때
하늘은 어두웠고
나는 지쳐 있었지만 다른 데는 가지 않아 더 이상
사람들을 괴롭혀선 안 된다는 이야기를
들어 버린 거야

비밀을 지켜 주면 좋겠어

얼마나 오래될 수 있는 밤일까? 곁에 아무도 남지 않는
다면
일을 시작하지 않아도 좋을 테고
그게 아니라 내가 단순히 따돌림을 당하고 있는 거라면
외국인을 사랑해도 좋은 걸까?
얼굴 뒤의 미소가 보여 나는 손을 뻗고 있어
등을 두드려 주던 사람처럼
뒤에 있을 테니까 나를 믿고 숨을 뱉으렴
사위가 밝았을 때는 아무것도 기억할 수 없을 테니

그물망

노란 꽃 무더기 사이로 붉은 꽃잎도 보였다

자세가 위태로울 때마다
나뭇잎이 한 장씩 더 떨어졌다

너를 부축하지 않아도 된다면
부축하지 않았을 텐데

산을 오르느라 나는
점점 눈치가 없어지는 것 같았다
정상이 멀어서

다람쥐도 개구리도 달아나고 없었다

짐을 내려놓으려고 멈춰 선 너는
내 앞에서 무릎을 꿇었다

속상했다
먼지 들어간 눈을 감고 있을 때

덤불 파헤치는 소리가 선명했지만
네가 보이지 않을 만큼
순간 눈앞이 캄캄해져서

더는 손톱에 진흙이 끼면
안 될 것 같았다
내가 함께 갈 수 있을까,
지금은 한 발짝도 나아가지 못하겠는데

나뭇잎이 가득 흔들리고 있었다

보물함

다람쥐가 아니었다면 무엇이었을까?

다람쥐를 닮은 인형? 새까만
친칠라? 철장 안을 바쁘게 뛰어다니던 다람쥐들
곁에는 지금의 나만큼이나 가만히 멈춰 있었을
다른 존재가 있었던 거다

선물과 같은 새들(두 마리 모란앵무, 한 마리의 잉꼬)이
지저귈 때는 철장을 열어 주었고 시간 가는 줄도 모르는 채
놀아 주었는데

밤새 뒤척이던 나는
옆자리에 누운 고양이에게 뺨을 긁혔고 잠에서 깼다 준
대로 돌려받은 건가
이제야?

깃털 낚싯대를 감추려고(가장 확실한 방법은 마음을 읽히
지 않는 것이지만 이상하게 어려웠다) 손을 숨기기보다
등을 돌렸지만

(막상 허전했다) 아무도 나타나지 않는 동안

배가 고파 왔다 나는 내 친구가 잠든 방으로 향했다 친구는 나를 일으켜 주었고 나 역시 놀란 마음을 좀 추스를 수 있었는데

(내 손과 발은 차가웠다) 한때 친밀했던 친구들처럼 친구도 나를 좋아할까 봐 겁났다

내가 다치게 될지도 몰랐다

프레임

너는 집으로 돌아갔다 나무로 된 양쪽 문짝이 닫혔다
나는 사람들에게 둘러싸였다 뺨과 뺨이 부딪혔다

꼬리 같았다 아냐, 분명 그림자였을 거야 밟혀도 아프지
않다면
살아 있는 게 아닌 거겠지 내가 잘라 버렸어
너희를 귀찮게 할까 봐
사람들은 전부 고무풍선 같더라 광목천으로
얼굴을 덮어 놓은 모습이
서로 구분되지 않았어
나는 체념할 수밖에 없었는데
천둥 번개가 쳤거든 아무리 호흡을 가다듬어 봐도
숨이 차올랐어
내가 좀 더 신중했다거나
기억이라도 명확했다면 다 같이 우왕좌왕하지 않았을
텐데 풀어진 도베르만은
왜 나오려고 하지 않는 걸까

밀지 마 안 보이면 없는 거니까

어쩌면 누군가가 우리를 속였는지도 모르고 담벼락 너머
어딘가로 벌써 들어갔는지도 모르잖아 불 켜진 창문 위로
커튼이 드리워졌던 순간처럼

나는 중심을 잃었으며 두 손이
가벼웠다 스쳐 지나가는 사람들 사이에서 익숙한 향기
를 맡았다 오래전
내가 어렸을 적에 엎드려 눕고는 했던
베개 냄새였다 내 배꼽 아래로 흘러내려 간 이불을 덮어
주려고
엄마는 언젠가 짧고 분명한 시선으로 나를 내려다봤을
것이다

4부
단 한 사람두 차에서
내리지 않는다

재차

하지 못한 말은 네가 아닌 다른 사람과 나눴던

진실에 대해서야 나도 알아 어렵다는 거 내가 무슨 짓을 하더라도 너는 내가 미쳐 버렸다고 여기겠지만 요즘 나는

좋아 잘 지내고 있어 아주 바빠

너는 어때? 당황스럽겠지만 실은 네 생각이 듣고 싶어

식구들의 안부를 묻지 않은 것도 같은 이유에서야 오해 없기를 바라며 세상은 언제나 예측할 수 없다는 이야기를 마지막으로 남기고 싶었는데 여기서 끝내면 안 될 거 같았어

나 혼자만의 결정일지라도 예의를 다하자 추억을 선사하자 적절한 때를 노려 사람 하나를 더 부르고 자리를 비켜 주자 어렵다면 다른 이유를 들어서라도 대화를, 대화를 시도하자 대화를 잊었지만 너를 잃은 건 아니었으니까 부정적인 감정에 휩싸이더라도 기쁨이 따를 것이며 감각이 깨어나면 그때는, 그때는 정말 보이는 게 없겠지만 나는

너를 위해 기도했어 네가 누군지도 모르면서 너를 안다고 자부하는 다른 사람의 존재에 대해 부정할 수 없었거든

이건 익숙해진 방향 같은 거라고 잠깐이면 된다고 흔적이 남지 않도록 최선을 다하겠다던 너도

봤지? 먼 곳을 향해 입을 다물지 못하던 내 모습을
네가 얼마만큼 외로운지 우리는 알아야 했어

갈등하는 사람

너는 버스를 탔다
버스를 타면서 손을 흔들었다
손을 흔들기까지 했다
우리는 시합 중이었다
내기라고 봐도 무방했다
지난 일이다
지난 일이니까 돌려 달라는 말도 못 했다는 건데 그렇다
면 네가 직접 찾으러 오면 되잖아?
네가 오면 맛있는 떡국을 끓여 줄 텐데 예전처럼
나는 버스를 탔다

버스에 올라타니까
상기된 얼굴들이 보였다
하나같이 땀 흘리는 모습들이 인상적이었다
나는 맨 뒷좌석에 가 앉았다
온몸이 덜컹거렸다
터널을 통과하는 거였다
에어컨이 나왔다
바깥은 깜깜했다

마음에는 지나친 염려가 없었다
서울에선 내 것이 없었다
한 번 볼 사람들만 늘어 갈 뿐

나를 제외하곤 전부 잠든 것 같았다
지루할 틈이 없었다
방향 모를 불빛들이 넘실거렸다
휴게소였다
누군가 옆에서 소나타 한 대를 주차 중이었다
누구라도 먼저 출발했더라면 나는 일말의 희망이나 기
쁨, 위안을 느꼈을 텐데
바깥은 휴게소였다
간판 불이 빛나고 있었다

차 문을 열고 나오는 사람이 없다는 건 그가 이미 나갔
다는 소리인가?
설령 사람이 타고 있다고 해도 내게는 그를 붙잡을 만한
힘이 없는데
문이 열리고 누군가 나타나기를 기다리는 지금 나는 오

히려 있는지 없는지 모를 그의 존재를 억지로 꾸며 내는
건 아닐까?
　창문에 내가 비쳤다
　물기 머금은
　손목시계를 문질러 닦았다
　예정 시간보다 빨리 내릴 것 같았다

트럭 운전사

답답해. 가능하다면 장난 좀 치지 말아 줄래? 장난칠 상황이 아닌 것 같거든. 몇 시간 만에 감각이 마비되고 딱딱해진 아니, 떨어지거나 찢어진……

내 입술을 봐 봐. 소음 속에서 고통이란 뭐야?

무슨 생각으로 나를 잡았고 손을 가만두지 못했던 거야? 너는 학부모잖아. 한때는 내 친구였고 우리는 같은 메뉴를 고르고 마시다가 헤어진 적도 있어.

……결말이 궁금했거든.

다시 한번 말해 줄까? 지금이 더 중요하다고.

네게 아무것도 알려 줄 수 없을 것 같아…….

이대로는 듣기 어려울 거야. 너는 너 자신을 속이고 있어. 내 말을 믿어도 좋아. 어렵진 않아. 뭐든 해 왔으니까. 조금 전에도 힘들었지?

내가 말했어?

응. 아니라면 너랑 어떻게 대화할 수 있겠어…… 내가 계속 네 옆에 있었잖아. 어쩌면 힘들다는 건 그냥 헛소리인지도 모르겠다. 너를 보면 그런 생각이 들어. 허겁지겁 달리다 보면 내가 멀리도 왔구나. 정신을 차렸을 때면……

네가 나를 깨웠어.

하지만 넌 작은 노력도 없었지.

내게 마음이라는 게 있다면 좋았을 거야.

무슨 말이야…… 낯빛이 어둡고 얼굴이 많이 상했어. 다쳤잖아.

너랑 같이 잠들고 싶었는데…… 눈 좀 떠 봐. 대답해 봐.

넌 꼭 다 가르쳐 줘야 알지. 하지만 전부를 다 말해 주고 나면 뭐가 남아? 네가 없었을 때처럼 또 네가 필요하게 될까 봐 겁나…… 이대로도 나쁘지는 않아. 나보다 네게 더 익숙한 풍경 같은데 이봐, 고맙다는 인사도 없는 거야?

플라스틱

좀 더 예쁜 걸 상상하다가 웃어 버렸다 눈앞의 풍경이 너무 이질적이어서

나는 분명 떨고 있었는데 이유를 잘 몰랐다 좋아하던 마음이 차가워지고 레인부츠를 신은 것처럼 얼어붙은 마음이 나를 움직이게 했다 설명할 수는 없을 거였다 비질하는 사람들 사이를 지나 빨리 복도를 나가고 싶었다 어둡고 음침한 공간에서는 안 좋은 일이 생길 것 같았다

몇 번이나 놀라곤 했다 내가 혼자가 아니라고 해도 마찬가지였을 것이다 실패해서 드나들던 건물 어딘가에서 개 울음소리 들리지 않았다면

괜찮았을까 어땠을까 나는 왜 지금까지 개를 걱정하고 있을까?

저절로 한숨이 나왔다 내가 한심하다고 느껴졌다

깨진 거울

거울을 보니 이가 빠져 있었다 다시 확인해 보니 이가 부러진 거였다

입을 벌려야지만 보이는 송곳니와 어금니 어디쯤의 중간에서 앓던 이가 사라지고 우리 집 몰티즈가 눈에 들어왔다

개의 눈동자는 사탕처럼 크고 빛났다

시계 초침 소리가 귓속을 회전하는데 텔레비전도 벽시계도 보이지 않았다

그때 나는 들고 있던 숟가락을 내려놓았던 것 같다 짙푸른 커튼 색이 무척 아름다워서

쌀밥은 딱딱한 모형 같아졌지만…… 파티는 내내 끝날 줄을 몰랐다

기둥에 묶인 끈이 펄럭였다 목적을 잃어버린 기분이었다 조금 전까지만 해도 기댈 게 있었는데 더는 그러고 싶지

않았다 마지막⋯⋯

   문인 것 같았다 내가 방향을 바꾸면 바꾸는 대로 커튼을 덮어쓰기 바쁜 탁상시계, 나의 강아지, 몰티즈

   나는 언젠가부터 우리 집 거실에 와 있었다

골목에서

전에 마주쳤던 개가
아니었다

천천히 뒤로 물러나 주위를 둘러보니
막다른 골목이었다

여전히 거미줄이 환하고 닳지 않은 발자국,
발자국 몇 개가 남아 있었다
개는 그림자가 짙어진 땅에 엎드려 누웠다 일어나
다가오는 것도 같았지만 그저 숨을 쉬었을 뿐이었다 발
뒤꿈치에
단화 한 켤레가 밟혔다

하지만 나는 단화 양쪽을 제대로 신고 있었고
달리기 위해 허리를 굽히고 있던 찰나였다, 한눈에
알아차릴 수 없을 만큼 크기가

커 버린 개가
나 때문에 멈춰 있을 리가 없다고 그렇게라도 여기지 않

으면

　나는 내가 어렸을 적 살았던 동네로

　영영 돌아갈 수 없을 것만 같았다

　거리가 뚫리고 건물 외벽이 전부 허물어져 있었다

길 위에서

유미의 이마는 화분 같다 무덤처럼 부어오른다 열이 난다 나는 그 애의 이마에서 손을 뗀다 유미의 눈동자에 눈물이 가득 찬다

유미가 고개를 돌린다 이내 흐르던 눈물이 멎는다 아스팔트에 누워 일어날 기미를 보이지 않는다 등이 땀으로 축축이 젖는다 헤드라이트 불빛이

번진다 승용차 한 대가 횡단보도를 가로지른다 신호가 붉다 클랙슨 소리가 귀에서 멀어진다 신호는 녹색으로 바뀐다

유미가 이마를 찧은 다음부터는 걸음이 좀처럼 떨어지지 않는다

타 버린 건물 한 채가 숲과 공원 중간에 걸쳐 있다 차들이 줄을 잇는다 커브 길을 미끄러지듯 회전한다 자욱한 물안개를 통과하고 진입한 차 한 대가 속도를 줄이더니 멈춰 선다 단 한 사람도 차에서 내리지 않는다 버려진 폐차장같이

공원에는 수십 대의 승용차가 모여 있다

유미가 신호등에 머리를 부딪치지 않았더라면 나는 신호를 무시하고 건넜을지도 모른다 곁에 유미가 존재한다는

사실조차 잊고 있었으니까

　유미는 두 번 다시 내 손을 잡아 줄 것 같지 않다

　신호가 붉다

　길 건너에서도 단번에 알아볼 수 있었던 유미의 모습이
바로 어제 일처럼 기억에 선명한데

　맞은편에서 건너오는 사람들 사이에는 유미가 없다

　사람들이 전부 나를 비켜 간다 계속 신호가 붉다

새싹 뽑기, 어린 짐승 쏘기*

나는 뒤를 돌아보는 것보다 돌아보지 않는 것을 택했지만
뒤를 돌아볼 수 있었다 다시
누군가 나를 쫓아오는 기분이었다

어쩌면 따라가는 건 내가 아니었을까? 보이지 않는 누군가
나를 완성하고 있다고 느꼈다

잡초가 무성했으며
잡초 속에 발을 디딜 때마다 운동화를 잃어버린 것 같
았다
여러 번 신발끈을 고쳐 묶었다

깨끗했던 운동화가 다른 사람의 신발을 신은 것처럼 낡
았다
맨발로 길을 걷는 것처럼
나는 흙투성이였다 누군가 먼저 나에게 손 내밀기 전에

내가 새싹을 뽑았다
망각이 거듭되었다 녹아 버린 눈 때문에 운동화가 차가

워졌고

  나는 목이 마를 뿐이다 그러나 마실 물이 없다면

  벌써 내 몫의 생수는 비워진 것이다
  빵을 조금만 나눠 줄 수 있느냐고 누군가 물었다
  고개를 저었지만 나는 한 번도 열어 본 적 없는 주머니
를 지녔다

  까만색 레인코트를 입은 내가
  다른 사람을 찾고 있었을 때 누군가 코트 자락을 펄럭
이면서
  나를 밟고 지나갔다

* 오에 겐자부로, 유숙자 옮김, 『새싹 뽑기, 어린 짐승 쏘기』(문학과지성사,
  2018)에서 제목 차용.

묶인 사람

너를 죽일 거라고 말하면

나를 끌어안았던 어깨와
좀 더 길어질 것만 같았던 팔
안쪽의 따뜻함이 내 눈을 덮고
들리지 않았던 걸 들리게 만들어

개미 떼가 늘어납니다
굴속에서 사람들은 바쁘게 고개를 돌립니다
이리저리 몰려다니며
랜턴을 켭니다 주름이 많습니다
나는 주름이 많아요
(그래요
나는 주먹을 쥐고 이를 꽉 깨물었습니다
긁으면 안 된다고
누가 내 손을 가져갔습니다)

안전모를 썼다면 불빛에 속지 않았을 겁니다
모기가 윙윙거립니다

중간까지밖에 안 왔는데 목을 축이는 다른
사람이 있습니다
사슴 같아요

방해받고 싶지 않아요 소리 없이 다가간다고
뭐가 달라지겠습니까?
나는 가끔 움직이지 않는데도
움직이고 있다고 느껴요
지저분하게
웅덩이에 빠지면 빠진 대로
물을 흘리면서 발자국을 만들고
어디로 가는지 모르는 채
어디로든 가게 될 겁니다
알고 있습니다

뭐가 그렇게 중요하냐고 물으면
안전모를 쓰게 될 겁니다
아주 혼나게 될지도 모르는 일입니다

앞마당

창밖으로 비가 내려

나는 그게 운다는 뜻인 줄 알았어

너의 뒷모습처럼 구부러진 전봇대
뒤에서는 백구가 튀어나와

나는 안심이 되었어
백구는 꼼짝도 하지 못했고 벌벌 떨었고
나는 변명 같은 건 다 필요 없다 여기며
무릎에 얼굴을 파묻었어

이상한 소리가 들리는데
네가 나를 계속 흔드는 거야 대답하지 않으니까
내가 궁금한 거였을까? 너는 평소보다 더
편안해 보였어

집 안은 더러웠고 헤쳐진 포장지 사이를 넘나들던
햄스터가 나와 잡으려고 그랬어

너는 어딘가 원망스럽다는 표정을 지었고

너는 내 손바닥을 바라보았다
나는 비로소 웃을 수 있었다
손에 묻은 진흙이 굳어 가는 동안

비가 그쳤다 단단하고 조용하던 백구가
앞마당을 떠난 것 같다 겨울이던가, 그때는
저녁 공기가 차가웠다

자각몽

네가 곁에 없었을 때
나는 잠만 잤어
널 편하게 해 주고 싶었는데 네가 이렇게 빨리 올지 몰라서 아니, 이번에도 내가 잘못한 거지 뭐
무슨 변명을 더 할 수 있겠어

조금도 기쁘지 않았어

그래도 재밌었잖아 내가 봤어 너 좋아하는 거 내 두 눈으로 똑똑히!

눈 안에 속눈썹이 들어간 것 같은데
좀 불어 줄래? 이리로 가까이 와서
같이 누울래?
너는 나를 이해하지? 그래서지?
이야기를 듣고 나눌 상대가 필요했던 거잖아 그게 나였고 너였으니

이불을 덮어 줄 사람*이 부족했던 거구나

추위를 견디며
누군가를 미워하거나 원망할 자신이 더는 없었으니까
나는 주위를 배회했어
누구도 나를 좋아할 것 같지 않았는데 너는 여기에 있
어 전과 같은 자세로

눈을 감고 있었을 때는
어떤 꿈을 주로 꿔?

네가 등장하지 않는 너의 꿈

* "이부자리를 펴고 잠자리에 들면 아무도 당신에게 이불을 덮어 주러 오지 않을 것입니다."(질 들뢰즈·클레르 파르네, 허희정 옮김, 『디알로그』(동문선, 2005)

날개들

어쩐지 아무것도 할 수 없었는데요
배가 고파서 일단 먹었어요 닥치는 대로 보이는 거라면 전부 다
입으로 가져가는 어린아이처럼 울었는데요

밀봉된 상자를 뜯어내는 일이 우선이었어요
어떤 상자는 구멍 나 있었어요 뒤집었을 때야 비로소
빈 상자가 아니라는 사실을 알게 되었어요
바닥이 새하얬거든요
편하게 잠들던 기억도 옛일이 돼 버린 걸까요? 스르륵
눈꺼풀이 감겼던 것 같아요 그때
눈을 뜨지 않았다면

뒷걸음질 치던 당신이
의자에 앉던 모습을 영영 못 봤을까요?
당신과 당신이 숨겨 놓은 선물에 대해 모르고
토하고 먹고 토하다가 잤을 거예요
평소 같으면 당신과 오붓하게 밥 먹을 시간인데
밥상을 차릴 재료가 없거든요

제발 움직여 주세요

차라리 나를 괴롭히세요 웬만큼은 나도 다 소화할 수
있는데

나를 두고 당신 혼자 배를 채우고 온 건 아니죠?

부표

도망 다니며 살았어요. 나 없는 동안 당신은 어땠나요? 믿지 못하시겠지만 저는 전혀 몰랐어요. 바빴다기보다 홍차를 마셨거든요. 홍차요? 네. 남은 찻잎을 버리고 올게요. 금방이에요. 좀 전까지 사용했다던 다기가 깨끗한데요, 직접 확인해 볼래요? 당신, 찬장을 열어 봤나요? 가스 불이 꺼져 있군요. 물 끓는 소리 들렸잖아요, 다른 누가 손댄 걸까요? 사실대로 말해 줄래요? 누가 왔다 갔나요? 모르겠어요. 정말 저는 홍차를 대접받았거든요. 계속 마셨지요. 몸은 금세 따뜻해지고 러그가 척척했어요. 어떤 사람이 차를 쏟은 줄만 알았는데 당신일 줄 몰랐어요. 창밖이 깜깜하네요. 전등불을 켤게요. 아니에요. 이대로도 괜찮습니다. 몸이 으슬으슬 떨리고 추워요. 병이라도 걸린 걸까요? 무서워요. 저를 자유롭게 놔주세요. 당신이 나가 줄래요? 내 집이에요, 다 컸잖아요. 알아요, 무슨 말씀이신지 이해할 것 같은데 변해 버린 제 모습 때문이라면 어떡하면 좋을까요? 당신은 원하던 걸 다 가졌고 지금은 저를 의심하시네요. 우리가 처음 만난 해안가를 기억하세요? 바위 뒤로 다가온 당신이 제 어깨를 흔들어 깨웠죠, 손을 잡았을 때 역시 당신과는 마지막이라고 생각했어요. 해안가 끝의 가구 중

130

불 켜진 집은 한 곳뿐이었는데 나는 불현듯 저기로 가야겠다, 그러나 가는 방법을 모른다고 중얼거리며 해변을 걸었어요. 파도가 밀려들었고 당신을 따라나서야 했지요. 저를 살린 건 당신이에요. 독특한 웃음소리만은 누구도 흉내 낼 수 없거든요.

혹시 말하지 못한 비밀이라도 있나요? 흰 치아를 드러내며 당신, 누구에게 이르려는 거예요?

우리의 믿음이 만약 우리와 같다면

갑자기 통화가 끊겼고 네가 왔다
너는 세 시간 만에 고속버스에서 내려
달리는 승용차에서 번지는 헤드라이트
불빛을 따라 굴다리를 건넜다고 했다

너에게 주소를 알려 준 적도 없는데
너는 어떻게 알고 찾아온 걸까

너와 맞잡은 손은 금세 땀으로 축축해졌다
이사를 온 지 얼마 되지 않아 나조차도 잘 모르는
이곳, 분수대 뒤로 풍차가 회전하는 것이 보였다
정원에는 사람들이 꽤 많았다

먼 거리였지만 옆집 언니를 발견한 너는
갑자기 청색 모자를 쓴 남자였다 네가 돌아오지 않을
것 같아
나는 남자를 따라 모퉁이로 향했다

튤립이 피어 있었다 남자의 뒤꿈치에 밟힌

튤립처럼 나에게 푸르고 검은 거미줄이 묻었다

내 손에 거미가 붙었다고 언니가 알려 주었다
남자 대신 자신을 데려가 달라고 언니는
나를 잡아당겼다 물에 젖은 나방을 발견했을 때
누군가 내 어깨를 밀쳤다

나는 넘어졌고 언니인 남자는
늙고 지친 노인이었다
집으로 돌아가자던 노인은 허리가 휘었고
나는 아무것도 묻지 않았다

여기서부터 다시 시작합니다

강보원(문학평론가)

감각의 착란

오은경의 시에 유일한 사건이 있다면, 그것은 '당신' 혹은 '너'라고 지칭되는 누군가의 떠나감이다. 이 떠나감은 이미 일어난 일이며 돌이킬 수 없다. 그러므로 시가 시작되기 전부터 이미 무언가가 잘못되어 있으며, 거기엔 바꿔야만 하는 것이, 그러나 바꿀 수 없는 것이 놓여 있다. 어떤 의미에서 이 시집에 수록된 시들은 이 돌이킬 수 없는 사건의 반향이고 파문이다. 오은경의 시는 이 파문의 부차적인 지위에 끈질기게 머무르며, 글쓰기를 촉발한 사건 그 자체는 단지 흔들리는 물결의 표면으로부터만 간신히 추측될 뿐이다. 이는 오은경의 많은 시들이 끝내 의문을 간직하며 어떤 혼란 속에 남겨져 있는 것처럼 보이는 이유 중 하나이기도 하다. 이해란 하나의 장면을 자세히 보는 것이 아니라 그 장면을 연속된 장면들 속에서 볼 수 있게 되는 일이다. 그리고 오은경이 제공하지 않는 것이 바로 이 연속이다. 오은경의 시는 누군가 떠나간 이후의 한 장면으로부터 시작된다. 그러나 한 장면에 포함된 거의 모든 것이 말해진다 하더라도 그 장면을 여전히 이해할 수 없는 이유는 오은경의 시가 철저히 그 장면 내부에 붙들린 채로 머무르며 끝내 그곳을 떠나지 않기 때문이다.

말해지지 않은 사건의 전말이 의문을 초래한다면, 혼란은 말해진 것들 자체로부터 발견된다. 오은경의 화자는 구태여 무언가를 감추거나 어렵게 말하려고 하지 않는다. 오히려 그에게 두드러지는 것은 있는 것을 있다고 말하고 보이는 것을 보인다고 말하며 느껴지는 것을 느껴진다고 말하는 건조한 서술이고, 자신에게 감각되는 것들을 나름의 방식으로 의미화하는 논리의 흐름이며, 내밀한 것이자 동시에 시에 있어 위험한 것으로 여겨지기도 하는 감정마저도 직설적으로 드러내는, 투박하다고까지 할 수 있는 화법이다. 그럼에도 그렇게 말해진 것들이 혼란을 초래하는 이유는, 오은경의 화자가 보고 듣고 느끼는 그 장면이 이미 무언가에 의해 교란되어 있기 때문이다.

그 교란의 기재란 오은경의 시에 작용하는 독특한 시간성이다. 오은경에게 시간이란 한 방향으로 끝없이 흘러가는 것이라기보다 언제나 시작한 곳으로 다시 돌아오며 일어난 모든 일들을 다시금 반복하게 만드는 것이다. 오은경의 시는 모든 시간이 유폐된 이 원환의 내부를 돌며 끊임없이 떠나가는 당신과 떠나기 전의 당신과 떠나는 당신의 모습과 목소리로 포화되고 일그러지는 장면을 겪어 낸다. 그것은 우선 "계속 달리니까 내가 아니라 운동장이 뛰는 것 같다"(「스노우볼」)고 느껴질 때까지 운동장을 도는 일이자, 불빛에 닿지 못하고 끊임없이 "전등 주위에 달라붙"는 "나방들의 상황"에 처하는 일이다.

회귀하는 시간성

현관문을 닫고 뒤뜰로 나가면서
내가 발견한 건 민들레였다
꽃 주변을 돌멩이가 둘러싸고 있어
개나리라고 착각할 뻔했다

(……)

햇빛 쏟아지는 가운데 나는 수지에게서 훔친
동전을 주먹에 나눠 담고 현관문을 열었다

바깥은 개나리로 만발한 앞뜰이었다
엄마가 생각나 처음으로
수지를 소개해 주고 싶었는데 집에서는
내 신발이 보이지 않았다

—「미경작지」에서

이 시는 화자가 "수지"의 집을 떠나 엄마가 있는 "본가"로 돌아가는 짧은 경로를 그리고 있다. "나는 좀 전까지 수지네 집에 있었"으므로 "본가에는 얼씬도 하지 않"을 수밖에 없었으며 반대로 "엄마가 보고 싶"다면 "수지를 혼자 남겨" 둬야만 한다는 구절들로부터 우리는 수지네 집과 엄마가 있는 본가가 양자택일의 장소로 인식되고 있다는 것을 알 수 있다. 그런데 이 경로에서 화자가 발견하는 대상들은 이 경로 자체를 구부려 기이한 원환을 만든다. 화자는 수지네 집 "현관문을 닫고 뒤뜰로 나가면서" "민들레"를 발견하는데, 그는 그것을 "개나리라고 착각할" 뻔한다. 그런데 시의 말미에서 본가로 돌아온 화자가 "현관문을 열었"을 때 화자가 마주치는 것은 바로 자신이 착각 속에서 보았던 그 대상인 "개나리로 만발한 앞뜰"이다.

이 착각의 실현 혹은 회귀를 어떻게 이해해야 할까? 화자는 수지네 집에서 출발에 본가에 도착하지만, 실상 그는 "개나리"라는 착각으로부터 출발해 "개나리로 만발한 앞뜰"에 도착한다. 그러므로 여기서 보이는 것은 출발한 곳으로 돌아오는, 어떤 원환 속에 있는 시간성이다. 이 원환은 수지와 엄마 사이의 양자택일을 근본적으로 무화시키며, 동시에 수지가 있는 집과 엄마가 있는 본가 사이의 차이를 없애는 것이기도 하다. 그렇기 때문에 화자가 출발하고 도착하는 그 집은 수지의 집도 아니고 엄마의 집도 아니다. "집에서는/ 내 신발이 보이지 않았다"는 구절은 이 집이 심지어 화자 자신의 집도 아니라는 것을 말해 준다. 화자는 누구의 것인지 모를 집의 앞뜰에서 나와 뒤뜰로 들어간다.

　이 시간성은 선형적으로 나아가는 것이 아니라 자꾸만 시작됐던 곳으로 돌아오므로 거기에는 앞과 뒤라는 개념이 없다. 예컨대 "아이는 거리를 지나면 놀이터가 나온다는 사실을 알았지만 놀이터에서 막 돌아왔던 건지도 모릅니다"(「한 사람의 불확실」)와 같은 구절에서 드러나는 것은 선형적인 의미에서의 방향성의 상실이다. "가만히 멈춰 선" 채로 "길을 잃어버린 것 같았고 혼자 남은" 이 아이는 놀이터로 가는 길과 놀이터에서 돌아오는 길이 중첩된 어느 장소에, 이 두 길이 구부러져 만드는 고리의 어느 지점에 서 있다. 이 고리는 화자의 "한쪽 손이 엇나가며 헛손질하"(「하늘의 푸른빛」)게 되는 캔 음료의 "알루미늄 원반 위"이면서 "제자리에서 빙그르르"(「밤눈」) 도는 "배낭"의 회전이며, "나 혼자 산책을 나오게 되었"(「꽃다발」)다가 돌아왔을 때 "사람 하나의 형상이 어젯밤 내 모습처럼 현관 입구에서부터 나를 맞이하고 있"는 것을 발견하게 되는 산책로이다.

따라서 착각이란 기시감이다. 오은경에게 사건은 이미 일어났던 것이자 앞으로 일어날 일로, 이미 반복된 것이며 반복될 것이다. '당신'의 떠나감은 그 떠나감이 계속 반복될 것이기에 그토록 견딜 수 없는 일이 된다.

> 낙엽 위로 진흙이 뒤섞이면서
> 지렁이 한 마리가 때 묻은 얼굴을 내밀었다
> 내게 멀지 않은 거리였다 네가 막 밟고 지나간 자리였다 주변에는 물안개가 자욱했는데 지렁이는 낙엽 아래에 몸이 대부분 가려져 있었다 내가 달팽이를 보고 지렁이라고 착각한 건지도 몰랐다
>
> 너의 발뒤꿈치가 땅속에 파묻혔다
>
> 나도 모르게 고개가 돌아가는데
> 손에서 치맛자락이 미끄러졌다
> 네가 웃고 있었다 너는 입이 찢어지도록 웃었다 너의 웃음소리가 귓가를 떠나지 않았다
>
> ──「지렁이 지키기」에서

이 시에서 화자가 자신도 모르게 고개를 돌리는 문장은 우선 어떤 논리적 정황을 따져 보기 전에 감각의 층위에서 작동하며, 뭔가 끔찍한 일이 일어났으리라고, "너의 발뒤꿈

치"에 뭔가 살아 있는 것이 밝히는 순간이 있었으리라 생각하게 된다. 하지만 다시 천천히 시를 읽어 보면 "낙엽 아래에 몸이 대부분 가려져 있었"다는 어떤 생물은 지렁이일 수도 있고 화자가 "달팽이를 보고 지렁이라고 착각한 건지도" 모르지만 여하간 "네가 막 밟고 지나간 자리"에서 발견된 것이다. 그러니 "너"가 그대로 한 걸음을 더 내딛는다고 해서 이 생물이 위험할 리는 없다.

그렇다면 화자는 왜 자신도 모르게 고개를 돌리고 만 것일까? 그 이유는 "지렁이 한 마리가 때 묻은 얼굴을 내밀었다"는 사건은 다시 반복될 것이며 그래서 지렁이는 이미 밟힌 것이거나, 혹은 또 다시 밟힐 위험에 노출된 것이고 이번에야말로 진짜 밟혔을 수도 있기 때문이다. 이 지점에서 "너"의 웃음은 이중적이다. 그것은 화자의 착각을 비웃는 웃음이기도 하지만, 반대로 그 착각이 실현될 것이라는, 그러니까 이미 이런 상황이 반복된 적이 있으며 또 다시 반복될 것이라는 사실을 알리는 웃음이기도 하다.

시차를 통해 만나는 당신들

그런데 이 원환의 독특한 점은 그것이 반복되는 모든 대상을 그 안에 보존한다는 것이다. 이 원환은 마치 장노출 기법으로 찍은 사진처럼, 각각의 시간에 속해 있던 모든 대상들을 한꺼번에 투사한다. 예컨대 회상이란 과거의 시간을 다시 한번 재생시키며 재생된 영상을 보는 나의 자리를 배제하는 것인 반면에, 오은경의 화자들이 경험하는 것은 바로 그 재생된 시간 속에 다시 한번 포함되는 일이며, 같은 방식으로 다른 시간에 속했던 모든 대상과 마주치는 일이다. 오은경의 시에서 내가 누군가를 만날 때, 나는 반드시 그를 어떤 시차를 갖는 한에서만 만난다. 지나간 시간의 나와 지금의 나는 시차를 갖고, 이 시차는 누군가를 만날 수 없게 하는 것이 아니라 만남의 바로 그 조건이 된다. 이를 염두에 두었을 때 "나는 유리창에 납작 달라 붙어/너와 너를 가린 뒷모습의 정체가 곧 나라는 사실을 이해할 수 있었다"(「하늘의 푸른빛」)라는 구절을 말 그대로 읽을 수 있다. 화자는 너와 마주 보고 있는 나를 나의 뒤에서 지켜본다. 이곳에 있는 것은 나와 너와 나라는 세 사람이고 내가 이 원환을 걷고 있을 때 지나갔거나 아직 오지 않은 시간의 무수한 나와 너를 만나기 때문이다.

내가 들립니까?
나는 들었다는 사실만 기억할 뿐 당신에 대해 모릅니다
내가 보입니까? 사실 기대하고 있었습니다 당신을
수소문했습니다 헷갈리기 시작했습니다 당신들은 많았고
내게

미안하다는 말만 하면 그래서요?라고 대답할 수 있는데

늦어 버린 것 같습니다

　　　　　　　　　　　　　　　　—「교통사고」에서

　이 시에서 "기억"과 "수소문"에 의해 존재하는 "당신"과 "당신들"은 이 시차들 사이에서 만나게 된다. "당신은 늘 묵묵부답이었"으며 화자에게 "헤어지자는 말 한마디 없었"다고 하는 구절로부터 우리는 이 "당신"이 이미 떠나고 없는 사람임을 알 수 있다. 하지만 "당신"이 떠났음에도 불구하고 화자는 여전히 떠나기 전의 무수한 시간에 속해 있던 "당신들"과 다시 마주치며, "당신"과 마찬가지로 살아 움직이는 "당신들은 당신의 셔츠를 움켜쥐고 담벼락으로 당신을 몰아넣"기까지 한다.

　이는 오은경의 시에서 자주 발견되는 대화 형식의 시들이 가지고 있는 기묘한 이질감을 설명해 주는 것이기도 하다. 즉 화자는 대화를 나누지만 이 대화의 상대는 이미 떠났거나 혹은 아직 돌아오지 않은 인물들인데, 그럼에도 그들은 화자의 바로 옆에서 화자와 대화를 나누는 것이다.

　네가 바꿀 수 있다고 생각해? 아직까지

　해가 중천인데

　네가 꼭 창문을 닦아야 해? 내버려 두면 안 돼? 침상을 더럽혀서라도 너는

은혜를 갚아야 했어

말을 아꼈지

저녁을 차리고 계시던 엄마가
저녁을 완성하시거나 할 일이 떨어지시면 그러니까 끓고 있
던 국이 사라지고 남지 않으면
가스 불을 끄려고 하실 거야
불꽃이 타오를 테고 모든 광경을 숨죽여 지켜보던 네가 있어
섣불리 움직였다가는
우리가 영영 다시 만날 일이 없을지도 몰라

이렇게 허무하게 헤어져야 하다니 너무해!

너도 엄마가 놀라는 걸 원하지 않았잖아

하지만 갑자기 국이 사라진다는 건 말이 안 돼 들어 봐
나는 너희 엄마가 아니야
엄마가 와 계실 수는 없어 엄마는 너를 보지 못하셨으니까,
너는
네가 누구인지 잊고 있는 것만 같아

——「체인지」

대화체 형식으로 이루어진 이 시에서 화자의 대화 상대는 누구인가? 시의 도입부에서 화자는 아마도 무언가를 바꾸기 위해 "창문을 닦"고 있는 "너"에게 말을 건다. 그런데 "해가 중천"인 낮으로부터 시작한 시는 단 두 문장을 건너 식사를 준비하고 있는 엄마의 뒷모습이 보이는 어느 저녁으로 옮겨 간다. 이제 엄마의 뒤편에서 "모든 광경을 숨죽여 지켜보"기만 하는 너는 벌어지는 모든 상황에 어떤 통제력도 갖지 못한 어린아이를 떠올리게 한다. "너"가 어린아이라는 사실은 자신에게 말을 거는 화자를 엄마라고 착각하는 데에서도 짐작할 수 있다. 그런데 한편으로 이 '착각'은 화자 자신이 어린 "너"의 엄마와 닮아 있는 사람이라는 것, 그러니까 미래의 "너"라는 점을 암시한다.

　그렇지만 여전히 이 인물들 간의 관계는 생각만큼 간단하지 않다. 보다 정확히 말하자면 이 시의 구조는 이 시에 등장하는 인물들을 또렷하게 각기 다른 인물들로 분리해서 생각하는 것을, 그들을 선형적인 시간 속에서 차례대로 배열하는 것을 불가능하게 한다. 예컨대 1연에서 창문을 닦던 "너"와 4연에서 "엄마"를 바라보던 "너"는 얼마나 동일한 인물일까?

　동일성에 대한 이러한 물음으로부터 이 시의 흐름을 재구성해 볼 수 있다. 화자는 낮에 창문을 닦다가 창문에 비친 자신의 모습을 본다. 그로부터 문득 질문이 생겨나고, 창문에 비친 "너"에게 이게 다 무슨 의미가 있느냐고 묻는다. 이 물음은 엄마가 저녁을 준비하던 어린 시절로 화자를 데려가며 거기서 화자는 어린 자신을 만난다. 이 둘은 서로 속해 있는 시간이 다르기에 만날 수 있다. 여기서 중요한 건 화자와 어린 자신이 타인으로서 서로 대립하고 있는 반면에, 화자는 어린 자신의 시선-착각 속에서 자신의 "엄마"가 되어 있다는 점이다. 그런데 오은경의 시에서 '착각'이 언제나 반복되는 것이라는 사실을 염두에 둔다면, 이 착각은 어린 "너"의 것만이 아니라 화자 자신의 것이기도 하다. 그는 애초에 창문에 비친 자신의 모습에서 엄마의 모습을 발견한 것이다. 그러므로 "나는 너희 엄마가 아니야/ 엄마가 와 계실 수는 없어 엄마는 너를 보지 못하셨으니까, 너는/ 네가 누구인지 잊고 있는 것만 같아"라는 시의 마지막 구절은 어린 시절의 "너"에게 하는 말임과 동시에 화자 자신에게 하는 말이기도 하다. 오은경에게 한 사람은 이미 한 사람이 아니다.

먼 거리였지만 옆집 언니를 발견한 너는
갑자기 청색 모자를 쓴 남자였다 네가 돌아오지 않을 것 같아
나는 남자를 따라 모퉁이로 향했다

튤립이 피어 있었다 남자의 뒤꿈치에 밟힌
튤립처럼 나에게 푸르고 검은 거미줄이 묻었다

내 손에 거미가 붙었다고 언니가 알려 주었다

남자 대신 자신을 데려가 달라고 언니는

나를 잡아당겼다 물에 젖은 나방을 발견했을 때

누군가 내 어깨를 밀쳤다

나는 넘어졌고 언니인 남자는

늙고 지친 노인이었다

집으로 돌아가자던 노인은 허리가 휘었고

나는 아무것도 묻지 않았다

　　　　　　—「우리의 믿음이 만약 우리와 같다면」에서

　길지 않은 이 시에서 "너"는 수차례 바뀐다. "너에게 주소를 알려 준 적도 없는데" 찾아온 너는 "갑자기 청색 모자를 쓴 남자였다"가, "남자"였다가, 옆집 언니였다가, "언니인 남자"였다가, "늙고 지친 노인"이 된다. 그러나 이를 표현하기에 적합한 말은 변화라기보다는 중첩일 것이다. 원환을 그리는 시간 속에서 반복되는 마주침과 떠나감은, 떠나갔거나 떠나갈 모든 사람들을 한 사람으로 보게 만든다. 그러므로 오은경의 시에서 너는 때로는 엄마이고, 언니이며, 친구이고 연인이다. 이 중첩은 그 속에 무엇이나 들어갈 수 있는 추상화와는 정반대의 작용이다. 추상화가 모든 구체적 내용을 제거하여 가장 공통적인 것들만 남기는 과정이라면, 중첩이란 말 그대로 그 모든 구체성들을 한꺼번에 가지고 있는 전혀 다른 한 사람을 만들어 낸다. 추상화가 대상에 대해 덜 말하게 되는 방식이라면 중첩은 반드시 무언가를 더 말하게 된다. 그 자신에게 속하지 않은 것을 갖게 만드는 행위이다.

관계의 포화, 어질러진 방

이 중첩의 결과이자 그 가능성의 조건은 모든 관계가 철저한 타자성에 기반을 두고 있다는 인식이다. 예컨대 아파서 누워 있는 동생의 머리맡에서 창밖의 나무를 보며 "연결된 나뭇가지의 뿌리를 알기 어려웠다"(「나뭇잎」)고 말하는 화자는 가족이라는 공동체를 이유를 알 수 없이 함께 있게 되는 타인들의 모임으로 보는 사람이다. 「경험」에서 "걸레를 빨러 화장실에 들러야" 한다고 생각하던 화자에게 "안 그래도 된다"라고 말하는 "유미"는 어떤가? 화자와 유미는 같은 집에서 지내며, 이들의 애착 관계는 밀접한 정도를 넘어 때로는 "돌아오는 유미의 걸음을 늦출 수만 있다면/ 뭐라도 하겠"다고 생각하게 될 만큼 강렬하다. "어떤 상태의 지속이 우리들 가정에 행복을 가져다주는 걸까? 단 한 번만이라도"라는 이 시의 마지막 행은 화자와 유미가 혈연이나 결혼 관계로 묶여 있다는 추측을 가능하게 하지만, 동시에 "유미에게 나보다 친한 친구가 있으면 좋겠다"

라는 구절에서는 화자가 유미와의 관계를 친구 사이로 여기고 있음을 알게 된다.

그러나 물론 여기서 "유미"가 정확히 화자와 어떤 관계였던 것인지를 확정하는 일은 불가능하며 의미 있는 일도 아니다. 중요한 것은 이 시집 전반에 걸쳐 등장하는 "유미" 혹은 "수지" 혹은 "너"와 같은 인물들이 그 자체로 시간의 반복 속에 중첩된 타인들이라는 것이다. 그리고 여기에 오은경 시의 또 다른 흥미로운 관점이 있다. 이 시집에서 다뤄지고 있는 관계는 그 종류와 깊이에 상관없이, 아무리 나에게 상처를 주고 폭력적인 양상으로 드러날지라도 여전히 어떤 철저하게 수평적인 관점을 떠나지 않는다. 그리고 수평적 관계에 고유한 문제는 자리의 문제로, 얼마든지 대체 가능한 존재로서의 내가 어떻게 마찬가지로 대체 가능한 수많은 타인들 옆에 자리할 수 있느냐에 대한 것이다. 이러한 관계는 본질적으로 우연적이고 일시적이며 그러므로 불안 속에 놓여 있다.

함께 있음이 항상 일시적이기 때문에 어떻게든 타인이 떠나지 않을 구실을 찾아야만 한다. 앞서 인용한 시 「체인지」에서 화자는 창문을 닦는 "너"에게 그것을 그냥 "내버려 두면 안 돼"느냐고 묻고, 심지어 "침상을 더럽혀서라도 너는// 은혜를 갚아야 했"다고 말한다. 화자가 방을 어질러야 한다고 생각하는 이유는 "엄마가/ 저녁을 완성하시거나 할 일이 떨어지시면 그러니까 끓고 있던 국이 사라지고 남지 않으면/ 가스 불을 끄려고 하실" 것이기 때문이다. 이 "가스 불"은 일시적인 관계에 불을 지피는 동력이며 그 불이 꺼진다는 것은 관계의 끝을 암시한다. 그러므로 함께 있기 위해 방은 더러워야 하고, 할 일이 떨어지지 않도록 끊임없이 엉망인 상태가 지속되어야만 한다. 그것은 타인의 떠나감을 지연시키는 고통스럽지만 유일한 방법이다. 그러나 다른 한편으로 타인이란 언제든 떠날 수 있는 사람이라는 뜻이며, 그러므로 그는 언제나 떠나 있는 사람과 같다. 타인은 항상 나를 "나만큼이나 가만히 멈춰 있었을/ 다른 존재"(「보물함」)로 대체할 수 있는 사람이다. "한때 친밀했던 친구들처럼 친구도/ 나를 좋아할까 봐 겁"이 나는 이유는 결국 그가 떠나고 "내가 다치게 될지도" 모르기 때문이다.

　문제는 한정된 자리이다. 타인이 떠나간다는 것은 내가 다른 누군가에 의해 대체된다는 것을 뜻한다. 이 타인들은 자꾸 나를 떠나가지만 다시 다른 인물이 되어 내게 다가오며, 이 지점에서 문제는 관계의 결핍이 아니라 오히려 관계의 포화이다. 너는 지나치게 가까운 동시에 지나치게 멀다. 그래서 너는 떠났으면 좋겠고 동시에 떠나지 않아서 문제가 된다. 이 양가성은 "떠나는 거야? 주저하지 않았으면 좋겠어"(「서클」)라거나 "네가 나 없는 곳에 안 가면 좋겠어/ 네가 없다면 좋겠어"(「녹음실」)와 같은 모순적인 반응을 초래하며, 때로는 관계 자체로부터 도피하려는 몸짓으로 이어진다.

「새싹 뽑기, 어린 짐승 쏘기」(120쪽)에서 화자는 "뒤를 돌아보는 것보다 돌아보지 않는 것을 택했지만/ 뒤를 돌아볼 수 있었다"고 말한다. 뒤를 돌아보지 않아도 뒤를 돌아볼 수 있게 되며, "누군가 나를 쫓아오는 기분"이지만 동시에 "어쩌면 따라가는 건 내가 아니었을까"라고 묻게 되는 공간은 내가 지나온 길이 곧 다시 내가 지나갈 길이 되는 원형의 공간이다. 그곳에서 화자는 끊임없이 "너"의 떠나감을 반복해 마주쳐야만 한다. 이 떠나감이란 나의 자리를 빼앗긴다는 것이며, 내가 다른 누군가로 대체되는 일이다. "나는 목이 마를 뿐이다 그러나 마실 물이 없다면// 벌써 내 몫의 생수는 비워진 것이다"라는 구절에서 우리는 관계의 제로섬 게임을 본다. 내가 마실 물이 없다는 것, 내가 너의 곁에 있을 수 없다는 것은 다른 누군가가 그 자리를 차지했다는 뜻이며, 그러니까 "누군가 코트 자락을 펄럭이면서" 그와 유사한 "까만색 레인코트"를 입고 있는 "나를 밟고 지나갔다"는 뜻이다. 관계가 이렇듯 항상 나의 자리를 허락하지 않는 것이기에, 화자는 "누군가 먼저 나에게 손 내밀기 전에// 내가 새싹을 뽑"아 애초에 새로운 관계가 시작되지 않도록 만들려고 한다. 그러한 회피는 새싹을 뽑고 어린 짐승을 쏘는 것처럼 앞으로 자라날 무엇을 파괴하는 일이기에 고통스럽지만, 때로 그와 같은 고통을 감수하고 싶을 정도로 절실한 것이다.

노이즈의 자리

그러나 오은경에게 글쓰기란 바로 그 절실한 도피의 욕망을 거절하고 관계의 불안을 마주하는 것으로부터만 가능한 일이다. 이는 이 시집에 수록된 대부분의 시들이 '너'의 목소리로부터 시작되는 이유이기도 하다. 그의 글쓰기는 이 목소리로부터 촉발된 것이자 그에 대한 응답이다.

네가 네 입으로 말했지

—「서클」에서

수지가 나를 찾는다 몇 번이나 내 이름을 부른다

—「눈사람」에서

잠에서 나를 깨운 것은
나를 부르는 소리가 아니었다
어쩐지 낯설지 않은 음성이었는데 커튼을 걷고 바라본
창밖에는 아무도 없었다

—「철창」에서

인용된 부분은 모두 각각의 시를 시작하는 도입부이다. 이 도입부를 여는 목소리는 그러나 지금이 아닌 다른 시간으로부터 들려온 목소리이며, 그러므로 잘못 전달된 목소

리이다. 이 목소리는 글쓰기의 시작이 되지만 동시에 그것
이 온전히 나의 글쓰기일 수 없도록 하는 것이기도 하다.
그런데 중요한 것은 이 목소리의 침입이 글쓰기의 불가능
성이 아니라, 반대로 그 유일한 가능성으로 제시되고 있다
는 점이다.

벌을 받는 것 또한 내가 스스로 자처한 일이라고 한다.

부정하거나 반박하기 어려운 말이다.

늘 뭐가 문제냐고 걱정하듯 묻던 수지 대신 내 안에서 소
리가 들려오기 시작하고

나는 일기를 쓴다.

　　　　　　　　　　　　　　　　　　　　　　　　──「공터에서」

이 짧은 시에서 그려지고 있는 것은 "일기"라는 가장 사
적이고 내밀한 글쓰기의 공간에 어떻게 "수지"의 목소리가
들어오는지에 대한 것이다. 여기서 "나"는 타인인 "수지"에
의해 대체된다. 그런데 그 대체가 이루어지고 나서야 "나"
는 글쓰기를 시작할 수 있다. 즉 오은경에게 글쓰기란 바로
이 대체 가능성을 받아들이는 일이다. 대화로 시작했으나
곧 발화자를 특정할 수 없도록 뒤섞이는 말들, 마치 노이

즈처럼 일상적인 풍경 안으로 침입해 들어와 그 풍경 자체를 일그러뜨리는 다른 시간과 신체에 속한 목소리들은, 쓰기의 주체로서 '나'의 자리를 빼앗고 그 자리를 대신 차지한다. '나'의 대체 가능성을 실연하는 이런 글쓰기는 그 주제인 타인의 떠나감을 겪어 내며 받아들이는 형식이다.

집은 바로 이 떠남과 떠나지 않음이 벌어지는 장소이다. 집은 관계의 포화, 그리고 그로부터 발생하는 감정의 범람으로부터 나를 보호해 주는 공간이자, 동시에 내가 대체당하는 공간이며 내가 그 안에서 내쫓기며 그러므로 내부의 불가능성으로부터 스스로 무너지는 공간이다. 오은경의 시가 쉽게 자신의 전모를 드러내지 않고 언제나 균열 속에서 쓰이는 것은 그의 시가 언제나 이 집이 무너지는 지점, 그 균열의 순간을 포착하며 그 순간의 포착으로만 쓰이기 때문이다.

누구에게나 집은 있고 보금자리라는 표현보다는 익숙해져서 어떤 감정도 영향도 미치지 않는 상태를 나는 집에 있다고 말하는 것이 아닐까

(……)

하얗게 물든 눈밭에서 아빠의 발이 푹푹 빠졌다 점점 가라앉는 아빠는 곧 얼룩처럼 작아졌지만 수지는 계속 펜을 긁적

거렸다

　나는 내 집에 어째서 수지가 와 있는 건지 그렇다면 이곳을 내 집이라고 불러도 좋을지 나에게 먼저 묻고 싶었지만 달리 갈 곳이 없었다

──「영향력」에서

　"수지는 내가 싫다고 했다"라는 문장으로부터 시작하는 이 시의 전반부에서 화자는 "무슨 대답을 하건 변명이 될 것 같아서 나는 자리를 박차고 나"와 집으로 돌아가지만, 돌아온 집에는 수지가 있다. 이 사실들 자체는 여전히 매끄러운 선형적 서사로 설명될 가능성을 가지고 있다. 그렇지만 오은경의 글쓰기는 언제나 바로 그 가능성의 내부에 어떤 시차를 기입함으로써 그것이 동시에 전혀 다른 장면을 지시하도록 하며, 그 왜곡과 굴절을 기록한다. "주먹을 쥐고 가슴을 텅텅" 치는 수지에게서 화자는 자신이 "붙잡아 주기를 바라는" 수지의 마음을 읽는다. 수지는 떠나야 하지만 동시에 떠나고 싶지 않으며, 이 위태로운 긴장 속에 놓인 관계는 "개야 할 빨래와 어질러진 책상"이 있는 엉망인 상태와 같다. 그러나 수지가 "낭만의 계절"이라고 말했던 겨울이 지난 후, 화자가 수지를 발견하는 것은 "말끔하게 정돈된 내 방"이다. 말끔하게 정돈된 방이란 서로가 서로를 붙잡을 구실을 더 이상 찾지 못하는 곳이다. 그렇기 때문에 그 방에서 "뒷모습으로 무언가를 적고 있"는 수지는

지금 이곳에 있는 것이 아니라 이미 떠나간 사람이며, 시차를 통해서만 존재하는 것이라는 독해를 시도해 볼 수 있다. 즉 책상에 앉아 계속해 "펜을 긁적거"리며 무언가를 쓰는 수지는 나의 자리를 차지한 타인이며, 혹은 수지가 되어 글을 쓰는 '나'다. '나'는 타인에 의해 대체될 수 있는 한에서만 나의 글쓰기를 시작한다.

"창밖으로 비가 내려// 나는 그게 운다는 뜻인줄 알았어"(「앞마당」)와 같은 구절에서 보듯 오은경에게 물이란 어떤 감정의 과잉이며, "헝겊 조각, 비닐, 벨트 같은 것들이 떠다"(「철창」)니게 함으로써 말끔하게 정돈된 상태를 어지럽히는 것이다. 한편으로 집은 화자로부터 그러한 "변화를 눈치채지 못하"(「철창」)게 하고 그 물-감정의 범람으로부터 자신을 지켜 주는 공간이다. 그러나 이 집은 또한 언제나 "물난리가 날 거야 우릴 지켜 주던 집도 절도 다 망해 버렸으니"(「보푸라기」)와 같은 불안 속에만 존재한다. 이는 앞에서 보았듯 타인의 떠나감, 보다 정확히는 그 떠나감이 반복되는 언제나 일시적인 관계 자체에 "익숙해져서 어떤 감정도 영향도 미치지 않는 상태"라는 것이 애초에 가능하지 않기 때문이다. 어떤 불안도 없는 관계만큼이나 어떤 타인도 없는 혼자라는 것도 불가능한 환상에 지나지 않는다.

반대로 만남은 오로지 이 환상의 균열 속에서만 포착된다. 「지진」에서 화자는 "들어와서 나갈 수가 없"는 "건물" 안에 있다. 이 건물은 화자를 감정의 격랑으로부터 안전한 곳으로 격리하며 그로써 "건물 바깥으로 물이 쏟아지는데/ 내가 떠오르지 않는다는 게 신기"하게 느껴지도록 하는 장소이다. 하지만 동시에 이 건물은 "깨진 장독대처럼" 완전한 고립에 실패하는 곳이기도 한데 "단단하던/ 손바닥이 녹아내리고// 천장에 이마가 닿았다"는 구절은 결국 그렇게 녹아내린 물이 안에서부터 건물을 채우고 화자를 "떠오르"게 만들었다는 사실을 암시한다. 그런데 이 안으로부터의 침수가 이 시에서 꼭 부정적으로만 그려지고 있지는 않다. 이는 화자가 "빗물"로부터 이미 "물감 같아서 세상을/ 파랗게 물들이는" 모종의 아름다움을 발견하고 있어서이기도 하지만, 결정적으로는 "누군가에게 처음 마음을 고백받은 날이었다// 젖은 청바지를 입고 있어도 좋았다."라는 구절에서 화자가 "젖은 청바지"로부터 시작되는 관계를 어떤 기대 속에서 바라보고 있기 때문이다.

"젖은 청바지"는 빗물로 파랗게 물든 건물 외부의 세계로부터 원래라면 한 점 물기 없이 메말라 있어야 할 건물의 내부로 침입해 온 대상으로, 이 건물의 균열을 증거하는 대상이다. 그 균열이란 시의 제목처럼 "연인들을 괴롭게하"는 "지진"이겠지만, 그럼에도 이 균열은 온전히 괴로움과 불안 속에 놓여 있지만은 않다. 예컨대 시의 후반부에 제시되는 "천장에 이마가 닿았다, 분명 우린/ 헤어진 사이였는데"라는 구절은 마음을 고백했던 "누군가"와 화자가 이미 헤어진 상태였음을 암시하며 "젖은 청바지를 입고 있어도 좋았다"라는 말도 과거의 것임을 추측하게 한다. 하지만 언젠가 다시 맞닥뜨린 이 말이 과거의 것일 뿐 아니라 현재와의 통로로 기능하는 이상, 변화와 영향은 상호적이며 현재적일 수밖에 없다. 내가 나와 마주친 무언가를 변화시키는 만큼 그것도 나를 변화시킨다. 즉 나는 과거의 기대 혹은 기쁨으로부터 모종의 괴로움을 발견하지만, 반대로 "젖은 청바지"라는 대상은 또한 나의 괴로움에 과거의 기쁨을 겹쳐 놓으며, 그것을 다른 무엇인가로 변화시킨다.

내부가 보이지 않는 건물 앞에

겹쳐짐이란 언제나 대상에게 무언가를 더 갖게 한다. 그 대상은 잊혀지고 사라지는 방식이 아니라 어떤 것이 더해질 수 있음으로 인해 불확실하다. 이와 반대로 타인을 잊어버리고 더 이상 생각하지 않을 때 우리는 타인을 고정된 확실성 속에 가두고 단지 외면하는 것이다. 아마 그 방치된 확실성 속에 머무는 것이야말로 타인의 죽음이자 나의 죽음일 것이며, 글쓰기란 이 머물지 않음의 다른 이름이다.

우리가 처음 만난 해안가를 기억하세요? 바위 뒤로 다가온 당신이 제 어깨를 흔들어 깨웠죠, 손을 잡았을 때 역시 당신과는 마지막이라고 생각했어요. 해안가 끝의 가구 중 불 켜

진 집은 한 곳뿐이었는데 나는 불현듯 저기로 가야겠다, 그러
나 가는 방법을 모른다고 중얼거리며 해변을 걸었어요. 파도
가 밀려들었고 당신을 따라나서야 했지요. 저를 살린 건 당신
이에요.

──「부표」에서

인용된 부분은 이 시의 후반부로, 전반부에서 대화를
나누던 두 인물이 서로를 처음 만난 날에 대해 이야기하는
장면이다. 밤의 해안가에서 위태롭게 잠들어 있는 화자의
"어깨를 흔들어 깨"우는 것은 "당신"의 손이다. 그 손으로부
터 깨어난 화자가 향하는 곳은 "해안가 끝의 가구 중" 단
한 곳뿐인 "불 켜진 집"이다. 그곳은 길을 잃은 화자가 위태
로운 밤의 해변에서 벗어나기 위해 찾아가야만 하는 곳이
면서 이미 그 안에 내가 모르는 타인이 살고 있는 타인의
장소이다. 나는 "가는 방법을 모"르고, 도착하더라도 나의
자리도 없는 그곳으로 가야만 하며, 그곳에 도착하는 유일
한 방법은 "당신을 따라나서"는 것이다.

하지만 시의 전반부에서 이미 드러나는바 이렇게 도착
한 집은 결코 나와 타인의 만남이 온전하게 이루어지는 따
뜻한 장소가 아니다. 그곳은 누군가 "홍차를 마셨"다고 말
하지만 다른 누군가가 "좀 전까지 사용했다던 다기가 깨
끗"한 것을 발견하고, "가스 불이 꺼져 있"지만 "물 끓는 소
리 들"리며, 이야기를 나누는 서로가 서로를 의심하다가 이

내 누구의 말이 누구의 말인지 구분할 수조차 없게 되는 이상한 장소이다. 다시 말해 "당신"의 목소리를 따라나선 다는 것은 결국 이 목소리의 불확실성을 따라나선다는 말과 같다. 이 따라나섬 끝에 글쓰기는 결국 그 목소리의 주인이라는 것이 없는 곳에 도착한다. 타인의 목소리가 나의 목소리와 겹쳐지고 온갖 시차들을 통해 마주치는 다른 풍경과 다른 목소리가 뒤섞이는 그곳에서 나는 타인을 이해할 수 있게 되는 것이 아니라 내가 말끔하게 이해할 수 있는 타인이란 없다는 것을 발견하며, 그러한 타인을 이해할 명료한 나라는 것도 없다는 것을 발견한다. 글쓰기는 바로 이 불확실성의 탐사이고 그것의 확장이다.

그렇다고 한다면 무언가 돌이킬 수 없는 일이 일어났으며, 그것을 자꾸만 자신의 잘못으로 돌리며 책망하는 목소리마저도, 어쩌면 그 위에 무엇인가가 더해질 수 있으며 그로써 다른 어떤 것이 될 수 있는 것인지도 모른다.

　　이불이 우리들을 감싸 안고 있다
　　강아지들이 매트리스 위에 오줌을 쌌나 보다
　　노란 얼룩을 밟고 내게로 뛰어드는 비숑 한 마리와
　　순한 눈빛으로 검지를 깨무는 몰티즈와
　　미니핀, 범인이 누구인지 모르겠지만 잘못했는데도 놀아달
라니
　　정말 혼난다!

(……)

경계해야 한다는 거야, 언제나 어디서나
네가 들려준 말들은 힘이 된다? 이상해
이상한 모습을 한 이불이 움직이고 있어
이번에는 누가 들어갔을까? 기대가 돼
　　　　　　─「테루테루보즈(てるてるぼうず)」에서

　이불 안에서 강아지들의 난장판이 일어나고 있다. "매트
리스 위에 오줌을" 싸거나 오줌이 묻은 "노란 얼룩을 밟고
내게로 뛰어"들거나 "순한 눈빛으로 검지를 깨무"는 이 강
아지들은 하나같이 하지 말아야 할 것은 다 하면서도 여전
히 "잘못했는데도 놀아달라"고 달라붙는다. 이 강아지들을
화자가 저질렀을지도 모를 "잘못"들이라고 본다면 이 시의
화자는 그 "잘못"을 돌이킬 수 없는 상처로만 바라보기보다
그럼에도 함께 지내는 것, 그리고 "친해지고 정들" 수 있는
것으로 바라보고자 한다. "네가 들려준 말"은 나의 "잘못"
들을 맞닥뜨리게 하지만 동시에 너에게 다가가려는 시도로
서의 글쓰기를 시작할 수 있게 해 주기에 "힘이 된다", 그것
은 돌이킬 수 없는 것을 돌이키게 해 주지는 못하지만 "비
가 내리는 날 처마 밑에 걸어 두면 날씨가 맑아진다는" 일
본의 인형처럼 흐린 날들의 한 구석에 기입된 미래의 맑은
날이자 지나간 맑은 날의 기억이다. 그것은 바뀔 수 없는

것 안에 기입된 변화이다.

글쓰기가 되돌아가는 일이라면 글쓰기의 행로는 똑같은 그 길을 바꾼다. 똑같은 장소를 한 바퀴 더 도는 것은 반복이 아니라 중첩이며, 한 번 더 걸음으로써 한 바퀴만큼의 기억을 그 길에 겹쳐 놓는 일이다. 그런 의미에서 "정말 어려운 일은 반복이 아니라 기억하는"(「종점」) 것이며, 그 기억이란 어쩌면 이 모든 것이 반복이라는 사실 자체를 기억하는 기억이다. 글쓰기는 과거에 사로잡혀 있는 것이 아니라 오히려 그 과거를 내 앞에 다가올 시간으로 옮겨 놓고, 돌이킬 수 없는 과거라는 시간 위에 글을 쓰는 자신을 겹쳐 놓아 다른 어떤 것으로 만드는 일이다. 타인에 대해서라면 그것은 곧 "네가 등장하지 않는 너의 꿈"(「자각몽」)을 받아적는 일이며, 타인을 모른다는 감각 속에서 타인에게 다가가는 길이자, 더 이상 나아갈 수 없는 막다른 지점에 이르러 멈춰서고, 기다리기 위해 움직이는 일이며, 최종적으로 자꾸만 덧씌워지는 그의 불확실을 마주하는 일이다. 오은경의 첫 시집 『한 사람의 불확실』은 이 마주침에 이르기까지의 여정이다. 그리고 이 긴 여정의 끝에 우리는 다시 이 시집을 여는 첫 시로 돌아오게 된다.

어제와 같은 장소에 갔는데
당신이 없었기 때문에 당신이 없다는 것을
염두에 두지 않았던 내가

돌아갑니다

파출소를 지나면 공원이 보이고
어제는 없던 풍선 몇 개가
떠 있습니다
사이에는 하늘이
매듭을 지어 구름을 만들었습니다

내가 겪어 보지 못한 풍경 속을
가로지르는 새 떼처럼
먹고 잠들고 일어나 먼저 창문을 여는 것은
당신의 습관인데 볕이 내리쬐는
나는 무엇을 위해
눈을 감고 있었던 걸까요?

낯선 풍경을 익숙하다고 느꼈던
나는 길을 잃습니다

내부가 보이지 않는 건물 앞에
멈춰 서 있습니다
구름이 변화를 거듭합니다
창문에 비친 세계를 이해한다고 믿었지만
나는 세계에 속해 있습니다

당신보다 나는 먼저 도착합니다
내가 없었기 때문에 내가 없다는 것을
염두에 두지 않았던 당신에게
나는 돌아와 있습니다

─「매듭」

　이제 보이는 것은 똑같은 길을 다시 걸으면서도 "내가 겪어 보지 못한 풍경"이 있음을 짐작하는 화자이다. "낯선 풍경을 익숙하다고 느꼈던/ 나는 길을 잃습니다"라는 구절은 반복되는 기시감 안에서 그것을 무너뜨리는 균열에 대한 인식으로부터 쓰이며, 반복 속에서도 "변화를 거듭"하는 "구름"에 대한 인식이기도 하다. 이 구름은 "하늘이/ 매듭을 지어" 만든 것으로 "매듭"이란 선형적인 대상을 원으로 묶어 내는 것임과 동시에, 시작도 끝도 없는 원환이 자신의 내부에 새기는 결절점이다. 그것은 매일매일 반복되는 하늘이 자신의 전혀 새로울 것 없는 반복으로부터 만드는 변화이다. 오늘의 하늘은 어제의 하늘의 반복이지만 이 매듭의 모양은 같지 않으며 그러므로 반복을 거듭할수록 하늘은 점점 더 불확실해진다. 나는 "창문에 비친 세계"를 통해 "당신"을 바라보지만 그 바라봄의 행위 자체는 내가 이미 "세계에 속해 있"으므로 바라봄의 대상인 당신을 바꾼다. 그러므로 나는 항상 당신보다 늦지만, 글쓰기의 원환 속에서 나는 그 늦음으로 인해 당신보다 먼저 당신에게,

"내부가 보이지 않는 건물 앞에" 도착한다. 그리고 모든 것을 다시 시작한다.

근래 들어 시집을 읽을 때 조금 더 눈여겨보는 지점이 생겼다. 시집에서 발화하는 목소리가 가장 진실해지는 순간이 언제인가, 이런 것을 살피면서 시집을 읽는다. 진실이라는 말이 부담스럽다면 이렇게 바꿔서 읽어도 좋겠다. 살아가면서 짊어지게 되는 온갖 욕망의 짐들을 홀가분하게 내려놓고 말해지는 순간이 언제인가? 시인들 저마다 다르게 나타나는 그 순간이, 오은경의 시로 넘어와서는 '유령'이 되는 순간이라고 말하고 싶다. 유령이 되어서야 비로소 보이고 비로소 말해지는 순간이 있기 때문이다. 비로소 홀가분해지기 위해서, 비로소 진실해지는 그 순간에 가까워지기 위해서 새삼 불러내는 것이 유령이고 또 유령의 순간이라고 한다면, 이것이 과연 오은경의 시에서만 통용되는 순간일까? 아닐 것이다. 나라는 한 사람의 존재감이 문득 "하늘이 매듭을 지어" 놓은 구름처럼 희미하게 느껴질 때, 희미한 존재감으로 만나는 타인들이 한편으로 "내부가 보이지 않는 건물"처럼 막막하게 느껴질 때, 그리하여 세상을 향해 내미는 나의 손길이 어디에도 닿지 않는 것처럼 느껴질 때, 실물감 너머에서 발생하는 저 유령의 순간을 마치 자신의 이야기처럼 느끼는 이가 또 있을 것이다. 나도 저런 유령 하나쯤 키우고 있는 사람이라고, 나도 모르게 저 유령의 삶을

껴안고 있는 사람이라고, 어쩌면 저 유령의 순간을 한 번도 잊어 본 적 없는 사람이라고 말할 수 있는 이가 더 있을 것이다. 이 시집은 희미하게 들려오는 그 고백들을 기억하듯이 기억하듯이 미리 써내려 간 유령 일기다. 그 흔한 비명이나 울음 한 점 없이도 아프게 아프게 들려오는 밤의 일기다.

　—　김언(시인)

　한 사람이 더 있다. 불확실한 한 사람이. 텅 빈 부엌에. 밤의 놀이터에. 잡초가 무성한 벌판에. 불확실한 한 사람의 기척. 내가 들립니까? 불확실한 한 사람의 목소리. 이 시집을 열면 당신은 디 아더스의 세계에 들어선다. 다른 주파수의 말들이 떠다닌다. 이상한 모습을 한 이불이 움직인다. 반듯하게 탈구된 문장으로 오은경은 친밀한 세계의 낯섦을 서늘하게 펼쳐 보인다. 캔 음료를 따다가. 감쪽같이 사라질 신발을 미리 신다가. 케이크를 들고 친구네 집의 초인종을 누르다가. 한없이 맑은 스산함이 등골을 타고 오른다. 어깨가 굳는다. 긴장 풀어. 불확실한 입술이 움직인다. 같이 누울래? 불확실한 손이 목덜미에 닿는다. 뒤를 본다. 눈을 뜬다. 뜬눈을 다시 뜬다. 한 사람이 더 있다. 당신에게 빙의된 불확실한 한 사람이.

　—　신해욱(시인)

지은이   오은경

1992년 광주에서 태어났다.

2017년《현대문학》신인추천으로 등단했다.

한 사람의 불확실

1판 1쇄 펴냄 2020년 8월 21일

1판 2쇄 펴냄 2021년 1월 11일

지은이 오은경

발행인 박근섭, 박상준

펴낸곳 ㈜민음사

출판등록 1966. 5.19. (제16-490호)

서울특별시 강남구 도산대로1길 62(신사동)

강남출판문화센터 5층 (06027)

대표전화 02-515-2000 / 팩시밀리 02-515-2007

www.minumsa.com

ISBN 978-89-374-0893-9 04810

978-89-374-0802-1 (세트)

민음의 시

민음의 시

목록

001 전원시편 고은
002 멀리 뛰기 신진
003 춤꾼 이야기 이윤택
004 토마토 씨앗을 심은 후부터 백미혜
005 징조 안수환
006 반성 김영승
007 햄버거에 대한 명상 장정일
008 진흙소를 타고 최승호
009 모이시 않는 것의 그림자 박이분
010 강 구광본
011 아내의 잠 박경석
012 새벽편지 정호승
013 매장시편 임동확
014 새를 기다리며 김수복
015 내 젖은 구두 벗어 해에게 보여줄 때
      이문재
016 길안에서의 택시잡기 장정일
017 우수의 이불을 덮고 이기철
018 느리고 무겁게 그리고 우울하게 김영태
019 아침책상 최동호
020 안개와 불 하재봉
021 누가 두꺼비집을 내려놨나 장경린
022 흙은 사각형의 기억을 갖고 있다 송찬호
023 물 위를 걷는 자, 물 밑을 걷는 자 주창윤
024 땅의 뿌리 그 깊은 속 배진성
025 잘 가라 내 청춘 이상희
026 장마는 아이들을 눈뜨게 하고 정화진
027 불란서 영화처럼 전연옥
028 얼굴 없는 사람과의 약속 정한용
029 깊은 곳에 그물을 남진우
030 지금 남은 자들의 골짜기엔 고진하
031 살아 있는 날들의 비망록 임동확
032 검은 소에 관한 기억 채성병

033 산정묘지 조정권
034 신은 망했다 이갑수
035 꽃은 푸른 빛을 피하고 박재삼
036 침엽수림에서 엄원태
037 숨은 사내 박기영
038 땅은 주검을 호락호락 받아 주지 않는다 조은
039 낯선 길에 묻다 성석제
040 404호 김혜수
041 이 강산 녹음 방초 박종해
042 뿔 문인수
043 두 힘이 숲을 설레게 한다 손진은
044 황금 연못 장옥관
045 밤에 용서라는 말을 들었다 이진명
046 홀로 등불을 상처 위에 켜다 윤후명
047 고래는 명상가 김영태
048 당나귀의 꿈 권대웅
049 까마귀 김재석
050 늙은 퇴폐 이승욱
051 색동 단풍숲을 노래하라 김영무
052 산책시편 이문재
053 입국 사이토우 마리코
054 저녁의 첼로 최계선
055 6은 나무 7은 돌고래 박상순
056 세상의 모든 저녁 유하
057 산화가 노혜봉
058 여우를 살리기 위해 이학성
059 현대적 이갑수
060 황천반점 윤제림
061 몸나무의 추억 박진형
062 푸른 비상구 이희중
063 님시편 하종오
064 비밀을 사랑한 이유 정은숙
065 고요한 동백을 품은 바다가 있다 정화진
066 내 귓속의 장대나무 숲 최정례
067 바퀴소리를 듣는다 장옥관
068 참 이상한 상형문자 이승욱
069 열하를 향하여 이기철
070 발전소 하재봉
071 화염길 박찬

072 딱따구리는 어디에 숨어 있는가 최동호

073 서랍 속의 여자 박지영

074 가끔 중세를 꿈꾼다 전대호

075 로큰롤 해본 김태형

076 에로스의 반지 백미혜

077 남자를 위하여 문정희

078 그가 내 얼굴을 만지네 송재학

079 검은 암소의 천국 성석제

080 그곳이 멀지 않다 나희덕

081 고요한 입술 송종규

082 오래 비어 있는 길 전동균

083 미리 이별을 노래하다 차창룡

084 불안하다, 서 있는 것들 박용재

085 성찰 전대호

086 삼류 극장에서의 한때 배용제

087 정동진역 김영남

088 벼락무늬 이상희

089 오전 10시에 배달되는 햇살 원희석

090 나만의 것 정은숙

091 그로테스크 최승호

092 나나 이야기 정한용

093 지금 어디에 계십니까 백주은

094 지도에 없는 섬 하나를 안다 임영조

095 말라죽은 앵두나무 아래 잠자는 저 여자
    김언희

096 흰 책 정끝별

097 늦게 온 소포 고두현

098 내가 만난 사람은 모두 아름다웠다
    이기철

099 빗자루를 타고 달리는 웃음 김승희

100 얼음수도원 고진하

101 그날 말이 돌아오지 않는다 김경후

102 오라, 거짓 사랑아 문정희

103 붉은 담장의 커브 이수명

104 내 청춘의 격렬비열도엔 아직도
    음악 같은 눈이 내리지 박정대

105 제비꽃 여인숙 이정록

106 아담, 다른 얼굴 조원규

107 노을의 집 배문성

108 공놀이하는 달마 최동호

109 인생 이승훈

110 내 졸음에도 사랑은 떠도느냐 정철훈

111 내 잠 속의 모래산 이장욱

112 별의 집 백미혜

113 나는 푸른 트럭을 탔다 박찬일

114 사람은 사랑한 만큼 산다 박용재

115 사랑은 야채 같은 것 성미정

116 어머니가 촛불로 밥을 지으신다 정재학

117 나는 걷는다 물먹은 대지 위를 원재길

118 질 나쁜 연애 문혜진

119 양귀비꽃 머리에 꽂고 문정희

120 해질녘에 아픈 사람 신현림

121 Love Adagio 박상순

122 오래 말하는 사이 신달자

123 하늘이 담긴 손 김영래

124 가장 따뜻한 책 이기철

125 뜻밖의 대답 김언희

126 삼천갑자 복사빛 정끝별

127 나는 정말 아주 다르다 이만식

128 시간의 쪽배 오세영

129 간결한 배치 신해욱

130 수탉 고진하

131 빛들의 피곤이 밤을 끌어당긴다 김소연

132 칸트의 동물원 이근화

133 아침 산책 박이문

134 인디오 여인 곽효환

135 모자나무 박찬일

136 녹슨 방 송종규

137 바다로 가득 찬 책 강기원

138 아버지의 도장 김재혁

139 4월아, 미안하다 심언주

140 공중 묘지 성윤석

141 그 얼굴에 입술을 대다 권혁웅

142 열애 신달자

143 길에서 만난 나무늘보 김민

144 검은 표범 여인 문혜진

145 여왕코끼리의 힘 조명

146 광대 소녀의 거꾸로 도는 지구 정재학

47 슬픈 갈릴레이의 마을 정채원
48 습관성 겨울 장승리
49 나쁜 소년이 서 있다 허연
50 앨리스네 집 황성희
51 스윙 여태천
52 호텔 타셀의 돼지들 오은
53 아주 붉은 현기증 천수호
54 침대를 타고 달렸다 신현림
55 소설을 쓰자 김언
56 달의 아가미 김두안
57 우주전쟁 중에 첫사랑 서동욱
58 시스의 심싱 심시너
59 오페라 미용실 윤석정
60 시차의 눈을 달랜다 김경주
61 붕해항로 장석수
62 은하가 은하를 관통하는 밤 강기원
63 마계 윤의섭
64 벼랑 위의 사랑 차창룡
65 언니에게 이영주
66 소년 파르티잔 행동 지침 서효인
67 조용한 회화 가족 No. 1 조민
68 다산의 처녀 문정희
69 타인의 의미 김행숙
70 귀 없는 토끼에 관한 소수 의견 김성대
71 고요로의 초대 조정권
72 애초의 당신 김요일
73 가벼운 마음의 소유자들 유형진
74 종이 신달자
75 명왕성 되다 이재훈
76 유령들 정한용
77 파묻힌 얼굴 오정국
78 키키 김산
79 백 년 동안의 세계대전 서효인
80 나무, 나의 모국어 이기철
81 밤의 분명한 사실들 진수미
82 사과 사이사이 새 최문자
83 애인 이응준
84 애들아, 모든 이름을 사랑해 김경인
85 마른하늘에서 치는 박수 소리 오세영

186 ㄹ 성기완
187 모조 숲 이민하
188 침묵의 푸른 이랑 이태수
189 구관조 씻기기 황인찬
190 구두코 조혜은
191 저렇게 오렌지는 익어 가고 여태천
192 이 집에서 슬픔은 안 된다 김상혁
193 입술의 문자 한세정
194 박카스 만세 박강
195 나는 나와 어울리지 않는다 박판식
196 딴생각 김재혁
197 4를 지기더는 노릭 황성희
198 .zip 송기영
199 절반의 침묵 박은율
200 양파 공동체 손미
201 온몸으로 밀고 나가는 것이다
      서동욱·김행숙 엮음
202 암흑향 暗黑鄕 조연호
203 살 흐르다 신달자
204 6 성동혁
205 웅 문정희
206 모스크바예술극장의 기립 박수 기혁
207 기차는 꽃그늘에 주저앉아 김명인
208 백 리를 기다리는 말 박해람
209 묵시록 윤의섭
210 비는 염소를 몰고 올 수 있을까 심언주
211 힐베르트 고양이 제로 함기석
212 결코 안녕인 세계 주영중
213 공중을 들어 올리는 하나의 방식 송종규
214 희지의 세계 황인찬
215 달의 뒷면을 보다 고두현
216 온갖 것들의 낮 유계영
217 지중해의 피 강기원
218 일요일과 나쁜 날씨 장석주
219 세상의 모든 최대화 황유원
220 몇 명의 내가 있는 액자 하나 여정
221 어느 누구의 모든 동생 서윤후
222 백치의 산수 강정
223 곡면의 힘 서동욱

224 나의 다른 이름들 조용미

225 벌레 신화 이재훈

226 빛이 아닌 결론을 찢는 안미린

227 북촌 신달자

228 감은 눈이 내 얼굴을 안태운

229 눈먼 자의 동쪽 오정국

230 혜성의 냄새 문혜진

231 파도의 새로운 양상 김미령

232 흰 글씨로 쓰는 것 김준현

233 내가 훔친 기적 강지혜

234 흰 꽃 만지는 시간 이기철

235 북양항로 오세영

236 구멍만 남은 도넛 조민

237 반지하 앨리스 신현림

238 나는 벽에 붙어 잤다 최지인

239 표류하는 흑발 김이듬

240 탐험과 소년과 계절의 서 안웅선

241 소리 책력冊曆 김정환

242 책기둥 문보영

243 황홀 허형만

244 조이와의 키스 배수연

245 작가의 사랑 문정희

246 정원사를 바로 아세요 정지우

247 사람은 모두 울고 난 얼굴 이상협

248 내가 사랑하는 나의 새 인간 김복희

249 로라와 로라 심지아

250 타이피스트 김이강

251 목화, 어두운 마음의 깊이 이응준

252 백야의 소문으로 영원히 양안다

253 캣콜링 이소호

254 60조각의 비가 이선영

255 우리가 훔친 것들이 만발한다 최문자

256 사람을 사랑해도 될까 손미

257 사과 얼마예요 조정인

258 눈 속의 구조대 장정일

259 아무는 밤 김안

260 사랑과 교육 송승언

261 밤이 계속될 거야 신동옥

262 간절함 신달자

263 양방향 김유림

264 어디서부터 오는 비인가요 윤의섭

265 나를 참으면 다만 내가 되는 걸까 김성대

266 이해할 차례이다 권박

267 7초간의 포옹 신현림

268 밤과 꿈의 뉘앙스 박은정

269 디자인하우스 센텐스 함기석

270 진짜 같은 마음 이서하

271 숲의 소실점을 향해 양안다

272 아가씨와 빵 심민아

273 한 사람의 불확실 오은경

274 우리의 초능력은 우는 일이 전부라고 생각해 윤종욱

275 작가의 탄생 유진목

276 방금 기이한 새소리를 들었다 김지녀

277 감히 슬프지 않을 수 있겠습니까? 여태천

278 내 몸을 입으시겠어요? 조명

279 그 웃음을 나도 좋아해 이기리